倾听大自然

穿行于夜色的松林

张炜◎著

CNS PUBLISHING & MEDIA
湖南少年儿童出版社
HUNAN JUVENILE & CHILDREN'S PUBLISHING HOUSE

图书在版编目（CIP）数据

穿行于夜色的松林 / 张炜著. —长沙：湖南少年儿童出版社, 2017.1（2024.4重印）
（倾听大自然）

ISBN 978-7-5562-2351-0

Ⅰ. ①穿… Ⅱ. ①张… Ⅲ. ①散文集—中国—当代 Ⅳ. ①I267

中国版本图书馆CIP数据核字(2016)第095763号

CHUANXING YU YESE DE SONGLIN
穿行于夜色的松林

总 策 划：吴双英　上海采芹人文化
选题统筹：王慧敏　魏舒婷
责任编辑：熊　楚
特约编辑：魏舒婷
插图绘制：含蓄挺好　夏　树
封面设计：进　子
内芯设计：采芹人 插画·装帧 http://blog.sina.com.cn/cqr2666
质量总监：阳　梅

出 版 人：刘星保
出版发行：湖南少年儿童出版社
地　　址：湖南省长沙市晚报大道89号　邮　　编：410016
电　　话：0731-82196340　82196334（销售部）0731-82196313（总编室）
传　　真：0731-82199308（销售部）0731-82196330（办公室）

经　　销：新华书店
常年法律顾问：湖南崇民律师事务所　　柳成柱律师
印　　刷：湖南天闻新华印务有限公司
开　　本：787 mm × 1092 mm　1/32
印　　张：6　　　书　　号：ISBN 978-7-5562-2351-0
版　　次：2017年1月第1版　　印　　次：2024年4月第7次印刷
定　　价：18.00元

张　炜

张炜，1956年生于山东省龙口市，原籍栖霞县。现为山东省作家协会主席，万松浦书院院长、聊城大学文学院名誉院长。发表作品一千三百余万字，被译成英、日、法、韩、德、瑞典等多国文字。在国内及海外出版单行本四百余部。主要作品有长篇小说《古船》《九月寓言》《刺猬歌》，散文《融入野地》《夜思》等。曾获茅盾文学奖、人民文学奖等多个奖项。

我觉得作家天生就是一些与大自然保持紧密联系的人，从小到大，一直如此。他们比起其他人来，自由而质朴，敏感得很。这一切我想都是从大自然中汲取和培植而来。所以他们能保住一腔柔情和自由的情怀。我读他们写海洋和高原、城市和战争的作品，都明显地触摸到了那些东西。那是一种常常存在的力量，富有弹性，以柔克刚，无坚不摧。

目 录 | Contents

美丽的万松浦

这个秋天我住在万松浦。这是我多年来第一次住在一个恍若梦境的地方。

书院有一个不大的院落，它有一百余亩。说它不大，是指它坐落在两万余亩的松林里，在大海之滨，在一条长河的旁边。我的写作与读书处就在松林里，就面向大海。一抬头就是松海之绿，就是波涛之上的各色船只。鸟儿们不停地在窗前嬉戏，探头向里观望，这使我愉快中反而不能专心。倒是远方的天际苍茫之色，引发我的邈远之思，让我想到此地此时的深意和情缘。我不能不一次次梳理心绪，沉浸和缅怀，于无尽的苍穹之间、极目之处，寻找自己的来踪与归路。

我心中是从未有过的清澈和安定，也是从未有过的多思和想念。许多事情想从头做起，又有许多事情想从头再做一遍。因为我有把握做得比以前更好。这时候没有过多的奢望，却有了更多的劳动的欲望。我和同伴们在读书写作之余一起盘算，想每人学一份手艺：有的学园艺，有的学陶工，有的学装裱；我则学木工。我想做一条很大的三桅帆船模型，还想做一些常用的器具。除此而外，依照原来的约定，我们还要每天到野外做一些工作，如除草、修剪、耙地、种植，莳弄茶园。这种活计每天不得少于五十分钟。与每天的苦读一样，这一切都是我们书院的功课。

很快，大家的皮肤比过去更黑了，举手投足间倒也少了许多呆气。思维也较过去直率单纯，并且有力。有客人说这真是个“桃花源”“乌托邦”啊。可是我们林中人却丝毫没有觉得有什么特别之处，倒是充实自然得前所未有。我们劳动，体力脑力并用，室内野外兼顾，乐而忘返，总是于太阳落山之际方记起收工用餐。

有一天，下午四点钟左右，我携锹具走向院子，无意间打扰了七只公野鸡：它们正在墙边草地上觅食，胖躯长尾缓缓挪动，见了我一齐飞起，掠起的风都是笨重的。那七彩长尾啊，只有童话中才有。如此看美丽的自然离我们原本不远，仅仅是稍加看护，它就呈现出这般奇异。我于感动中连问数个朋友：你们可曾有过这样的机遇，一次竟发现七只公野鸡？他们摇头。

有一天早晨，一个朋友在书院松林上空看到了四十多只盘旋的雄鹰。

有一个下午，另一个朋友在书院的水杉树上一口气数到了一百多只喜鹊。

这儿不是“桃花源”和“乌托邦”，这儿是北方自然中的一隅。它在围困之中，它在等待之中，它在保护之中，它更在希望之中。不远处即是喧嚣之声，幸有徐徐海风将其吹散，有涛涛松音稍稍覆盖。有什么美妙的情愫在这里孵化，然后就是艰难和欢乐交织的养育。

松枝上，我不时会发现一处修筑得十分结实的鸟巢——风起时它们仍然完好无损。

我在心里为这些鸟巢祈祷和祝福。

穿行于夜色的松林

一

我听说松云是天上的乌云变成的，乌云是松林的魂魄。一片片松林死亡了，它们的魂魄就要升上高天，游来荡去，最终还要找一个适当的时机落下来生长。我还听说红云落到地上生成了柿子树和紫叶李、枫树，常在西南方飘荡的灰云生成了大片的灌木，而白云则生成了白杨和桦树。

树木纷纷消失的年代，也是云彩远远飘离的岁月。林之魂魄没有留恋之地，于是只得远去他乡，过西洋，越东瀛，最后找一些安生的地方降落下来。世上的事物有生就有灭，生生灭灭，浑成宇宙，有生就有喜乐哀愁，有呼号痛歌。我直到如今才算听懂了一点点林木之声，却不敢妄言转述。

二

许多时候云彩化而为雨，那是为地上的生命洒下乳汁。地上干枯无色的日子，是不必饲喂的日子，所以云彩徘徊不已，最后还是走开了。云彩降生的时候是在深夜，是无声无响的一瞬。某个失眠者于乌黑的浑茫里探出头来，看到一片无边无际的雾气把大地笼罩个严严实实，一伸手十指皆湿，就在心里暗暗惊呼：天哪！他不知道这正是上天播种的时刻，大地上一片崭新的林木即将出世。

所以，森林在地上诞生是最大的事情。有人隐隐感悟到什么，于是学习神灵所为，每年一到春天就搬锹动镬，谓之“造林”。

三

漫天的乌云在夜色里行走，发出若有若无的声音，深长而又隐晦。这声音让人想起大海深处的流涌。乌云留恋遥远的东方居地，从大洋彼岸赶来，俯视这一片千疮百孔的平原，一万两千多年前，这里是茂密的松林，庄严，苍黑，高大英俊。就因为这片松林的关系，整个平原变得威风凛凛，接受四方礼遇。可是现在什么都没有了。关于它们消失的故事实在悲伤，所以这会儿上苍没有言说，只有默默注视。

乌云不能在一处长久地停留，它们于是继续游走。

越过又一片大洋，往下看是茂密的白桦，乌云于凌晨三时，悄然落地，降生在桦林之侧。

不久这里将有一片茂密的黑松。

昔 日 花

记忆中，这里给人印象最深的就是花：到处都是花，真正的花的海洋。我这里指的是春天来临的时候，是成片的洋槐花、海边果林一夜之间绽开的杏花，还有接踵而至的苹果花和桃花——这一切交汇而成的气味和色泽是逗人的喜气、节日的嬉戏，是它所促成和焕发的那个年龄所特有的敏感与欣悦。

每年都开始盼望温暖的春天，盼望沙岭上的积雪融化。当雪水顺着高坡哗哗流下，把细细的沙滩涂成美好的图案时，我们知道绿蓬蓬的季节就要来了，花的海洋就要来了；蜂子和蝴蝶纠缠一起，它们与我们一起玩耍，或是向我们发起挑战季节就要来了。那时候我们的视野还没有现在这般开阔，不知道南部山区也有一片花的海洋。我们眼里只是这个犄角的北部，是这个平原。

随着季节的深入，各种各样的野花在灌木丛中盛开，它们取代了槐花和果花。这些花多得叫不上名字，但它们更奇特也更引人注目。后来又是每一家院落里长起的一丛丛蜀葵和美人蕉。这儿的蜀葵和美人蕉最多，我简直不记得在其他地区看到过这么多的蜀葵。那时这儿家家院落都很大，院内院外都长起成片的蜀葵，成了蜀葵林。我们就在蜀葵林里捉迷藏，吐露着过早来临的心事。一想起成片的蜀葵，我就想起了小时候的伙伴，想起在花丛中奔跑的男女同学。

他们常常把一大簇一大簇的蜀葵花带到学校，还有木槿花、菊芋。菊芋花连成一大片，望不到边，它们是繁衍得最快的一种花。在饥饿的年代，人们不是像现在一样把菊芋做成酱瓜，而是放在锅里，像蒸芋头一样蒸熟。实际上它是蒸不烂的，永远都是脆生生的。一大束菊芋花抱在怀里，然后再用一个水罐盛上，放在桌子上，那就是最美的一幅图画。

我所待过的那个小学种满了白菊花，它在果林间隙，到处都是。还有，在果林灌渠旁，总是野生了一大丛一大丛的金盏草，又名千层菊——它有一种奇怪的邪味；但我们都愿伏在它的上面深深吸上一口，然后抱怨；不断地吸，不断地抱怨，学大人说一些难以入耳的

粗话。在水渠下面的低洼处，是成片的粉红色的小蓟花。小蓟花不起眼，可是连成一片多么美丽，简直令人神往。还有荒滩上的荼花，一眼望不到边，它们在微风中摆动起伏，真正是如火如荼，来势汹汹。这种花在开春的时候可以吃，它刚刚长成一个花苞的时候，我们都伏到刚刚泛青的草地上寻找这种花苞。揪花苞时要发出“咕咕”的声音，当地人就叫这种花为“咕咕老”，因为这种花一老就不能食用了，只能吃它娇嫩嫩甜丝丝的花苞——可能是对“老”的厌弃吧，所以就在“咕咕”后面加一个“老”——“咕咕”是声音，“老”是担心。

不知多少次到昔日的荒原上，到记忆中那些小径上寻找。没有了，没有了小径，也没有了花。起码是没有那么多花了。只看到了洋槐花，它们偶尔有一丛在松树间闪烁。至于成片的果树，特别是记忆中的山冈、随山冈起伏的烂漫桃花，那一棵又一棵巨大的李子树——世上没有什么花比李子花的香味更浓烈，更密集，更不吝啬，简直是疯狂一般地开放——再也看不到了。

没有了，这里只有一些丑陋的红砖建筑，有挤挤歪歪的烟囱、工厂，特别是熏人的化工厂。很明显，是时代的诱惑赶走了鲜花。丑恶的物欲总是鲜花的敌人。

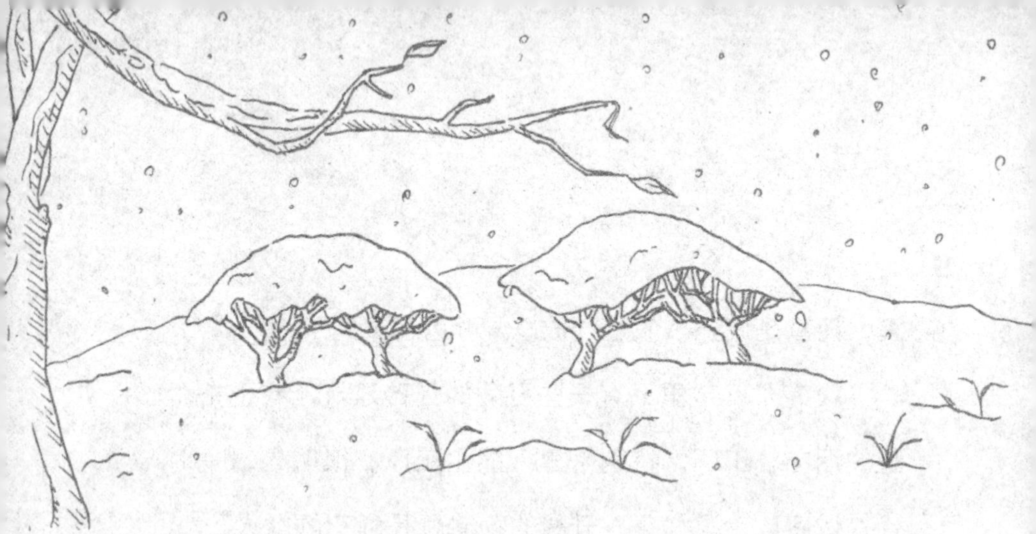

盼　雪

一个无雪的冬天，会令人感到尴尬。该冷的时刻不冷，四季不再分明，大自然也写出了荒诞的一笔。

下雪吧，让洁白的绒毯铺天盖地，以这个节令独有的方式去温柔人心、安定人心。

雪朵可以擦洗世界，所以你总是能够在雪后看到一方更加碧蓝的天空。一只狗走向原野，小鸟在落满雪粉的枝丫上悄立。大地恬然入睡，万物陷于默想。姑娘歌唱了，红色的围巾松松地包在头发上。你相信雪的下边

是一片翠绿吗？紫色的地黄花儿将开放，墨绿的叶面上留着雪痕。一个洁净的干练的老人拄着拐杖走过，呼出了白气。那白气像他写出的一道诗行。他的头发也是银白的，他的黑呢大衣多么庄重。

老人缓缓地行走，拐杖提离地面。他走过的岁月中有多少个这样的冬天呢？不记得了。他只记得在雪地上、在雪松的后边，他第一次吻一个姑娘的情景。那时他们都年轻，厚厚的雪使他们的脚陷下去了。

雪的世界，一个多么适合思索和回忆、追忆和遐想的世界啊。混浊的思绪被纯正了，沉淀了，人心像伏下的白云朵一样安静。我们的流逝的时光，我们的没有留下痕迹的一串连一串的脉音，这时一齐涌到眼前和耳畔。

河冰封锁了半条水流，雪缀在冰碴上，棕红色的羽毛细密光滑——一只神奇的长嘴鸟儿在那里啄着什么。谁能叫得上它的名字来？谁以前见过它吗？我们怎么没有更早地留意它？这真是一个错误。让我们被这一时的冲动指引着，去请教那些鸟类学家吧。多么美妙的冲动，发生在白雪皑皑的境界里。

你见过人们借助一副滑雪板飞速穿越的情景吗？那有多么帅气。还有，迷人的雪雕、娃娃们的同样稚拙的雪人……这一切奇迹都被白色的调子统领了，概括了。

人在最危急的时刻，在有了病痛的时刻，往往被抬进医院——那里有什么特征？那里会有一群群身着白色长衣、头戴白帽的人，有白色病床、白色被子……他们以这样的颜色挽留生命、唤起这个生命的记忆。白色究竟在多大程度上参与了缓解与诊治，又给了人多少安慰和信任呢？白色，白色，活动着，沉默着的白色……它与雪的联想，它与一个生命的关系的联想，就这样发生着。

大雪覆盖之下，种子接受庇护，在温湿的地方慢慢领悟。终有一个春天的来临，它萌发了。积蓄起的力量一直向上，挤成一片，越来越茁壮，充满了汁水。如果没有冬雪，就难以有这样的景象。大地一片荒凉，泥板龟裂，千里不毛，干燥焦躁浮躁，从树心到人心，希望变得越来越少。不是不想振奋，而是缺少借以振奋的那一切色彩、那一切真实的蓬勃的东西。

下雪吧，下雪吧。

可不巧的是我们又走进了一个无雪的冬天。

大雪哪去了呢？问爷爷们，他们也在摇头。大雪到底哪去了呢？如果连我们这个湿润的半岛上也缺雨少雪，其他大陆又怎么熬？下雪了，下雪了，下了浅浅一层，一脚踏出泥底，可怜人。下雪吧下雪吧，再让人骄傲地头戴翻皮帽走上一遭吧，再让真正的寒冷像过往的大雁一样降落一次吧。这样，我们就会知道，太阳和地球在挺好地转动，一个接一个的明天还将无有尽头。我们会信任时光、日月这一类永恒的东西，安然自如，而不是匆忙慌促地去干手头的事情。

在这个干燥的、裸露着泥土的冬天里，人们不由得去追根问底。不错，现代科学已经告诉了大家，人类对大自然的无节制地利用，严重地破坏了生态平衡，毁掉了正常的自然循环。因此我们要忍耐一个又一个无雪的冬天。空中烟尘弥漫，人们咳声不绝。仰望天空，立刻有一颗微尘落入眼内。只有雪朵才可以擦掉这么多的尘埃，而我们拿出家中千万片抹布也做不到。下雪吧，下雪吧。大雪是老天爷手里的抹布，它一会儿就能把天空擦得瓦蓝锃亮。

下雪吧。

有个依岛

我在初中一年级的时候见过最小的一个岛，它叫依岛，就在渤海湾里。我去这个岛是因为这之前总有同学向我吹嘘，说谁也不敢去那儿、它有多么了不起之类。结果我就去了，结果也就遇到了不少怪事，还差点死了人。

我们是瞒着大人偷偷坐小船去的，绕过四五道激流、三处礁石，一口气爬上小岛，真像探险一样。这里真静，连海浪拍岸声都没有。到处是小叶杨和紫穗槐，还有爬蔓的荆条。

原来它三面环礁，只有南边是细白沙滩。离南岸不远竟有一座小屋，很旧。我们赶紧跑过去。离它十几米远时，突然有什么从窗户和大敞着的门呼呼蹿出。原来是一些猫。真是猫。大家叫起来，天啊，这里有这么多猫。它们在不远处探头探脑，就是不过来。有人抛过去食物。它们犹豫着出来，吃完了就看我们。大家争着给它们食物。

结果所有的猫都跑出来，有五六十只，再后来大概有一百只。

原来这是一个猫的世界。而当时别处都在大把大把撒耗子药，想找到一只猫可难了。

它们多美，一只只干干净净，花纹鲜亮，用水汪汪的眼睛看我们。大家开始议论这些猫是怎么来到这儿的，想不出。不过都知道它们来这儿吃鱼。

看了一会儿猫就进了小屋。这么好的地方，炕、小锅、劈好的柴码在那儿。这都是谁弄的啊？有同学说这是渔民们许多年前盖的，就为了避难。什么难？海难。船在海里遇上大风，有时怎么也回不了家，就到这个岛上来。我们想象：外面大风大浪，小屋里呼呼煮鱼。真棒，让我们也遇上一回这样的海难吧！

天越来越热，中午我们一头扑进水里。游泳，还想逮一条大鱼，放在那个小锅上煮。

果真有一条扇形大鱼贴着沙底游过来，大家欢叫着扑去，一齐围堵。大鱼乱窜，后来不知是谁踩住了它——他刚刚高兴得喊了一声，然后就嚎，嚎声吓人。他的脚肯定被鱼咬疼了——他也太娇气了，一边叫一边倒下了。

我们赶紧把他从水中扶起，他还是嚎。抬上岸一看，这才发现脚内侧有一个不大的红点。没有流血，但四周好像生出了几道红线。他咬咬牙说：我就要死了。谁也不信。他又说：刚才我是被土鱼蜇了！

同学们一听都哭了。因为海边上的大人小孩都知道：被土鱼蜇了就活不成。天哪，那是一条土鱼！

正哭着，突然一个最矮的同学急急咕哝：以前听爷爷说有人就在这儿被土鱼蜇了，那人剩下了一口气，还是爬进小屋里，掀开炕席子找到了一包东西，就活了……

几个同学对视一下，马上抬起受伤的同学往小屋跑。进屋立刻掀炕席子，到处掀——真的找到一个纸包，里面有一撮灰白色的粉面。

粉面搽上去只有半小时，伤口四周的红线消了。受伤的同学一抹泪："我活了……"

离开小岛已是下午，猫齐齐地站在岸边。我们这才想起要捉一只带走。没门。它们大概害怕岛外的耗子药，死也不跟我们走。

回去后，我们最急着弄清的就是纸包里的秘密。大人们摇头，我们还是问。最后一位老人被缠得发急，只得告诉我们：那是小姑娘——十几岁的小姑娘剪下的小辫，焙成的粉。只有这粉才能对付凶狠的土鱼，这是老辈传下来的方儿……

如上是一个真实的经历。几十年过去了，我还是无法忘记那个荒岛、美猫与凶鱼。特别是关于伟大的小辫——这是真的吗？

绿色遥思

我觉得作家天生就是一些与大自然保持紧密联系的人，从小到大，一直如此。他们比起其他人来，自由而质朴，敏感得很。这一切，我想都是从大自然中汲取和培植而来的。所以他们能保住一腔柔情和自由的情怀。我读他们写海洋和高原、城市和战争的作品，都明显地触摸到了那些东西。那是一种常常存在的力量，富有弹性，以柔克刚，无坚不摧。这种力量有时你还真分不清是纤细的还是粗犷的，可以用来做什么更好。我发现一

个作家一旦割断了与大自然的这种联结，他也就算完了，想什么办法去补救都没有用。当然，有的从事创作的人并且是很有名的人不讲究这个，我总觉得他本质上还不是一个诗人。

我反对很狭窄地去理解“大自然”这个概念。但当你的感觉与之接通的时刻，首先出现在心扉的总会是广阔的原野丛林，是未加雕饰的群山，是海洋及海岸上一望无际的灌木和野花。绿色永久地安慰着我们，我们也模模糊糊地知道：哪里树木葱茏，哪里就更有希望，就有幸福。连一些动物也汇集到那里，在其间藏身和繁衍。任何动物都不能脱离一种自然背景而独立存在，它们与大自然深深地交融。也许是一种不自信、感到自己身单力薄或是别的什么，我那么珍惜关于这一切的经历和感觉，并且一生都愿意加强它，寻找它。回想那夏季夜晚的篝火，与温驯的黄狗在一起迎接露水的情景，还有深夜的谛听，到高高的白杨树上打危险的瞌睡，等等；这一切才和艺术的发条连在一起，并且从那时开始拧紧，使我有动力作出关于日月星辰的运动即时间的表述。宇宙间多么渺小的一颗微粒，它在迫不得已地游浮，但总还是感受到了万物有寿，感受到了称作“时光”的东西。

我小时候曾很有幸地生活在人口稀疏的林子里。一片杂生果林，连着无边的荒野，荒野再连着无边的海。苹果长到指甲大就可以偷吃，直吃到发红、成熟；所有的苹果都收走了，我和我的朋友却将一堆果子埋在沙土下，这样一直可以吃到冬天。各种野果自然而然地属于我们，即便涩得拉不动舌头还是喜欢。我饲养过刺猬、野兔和无数的鸟。我觉得最可爱的是拳头大小的野兔。不过它们是养不活的，即使你无微不至地照料也是枉然。所以我后来听到谁说他小时候把一只野兔养大了就觉得是吹牛。一只野兔不值多少钱，但要饲养难度极大，因而他吹嘘的可能是一件了不起的事情。青蛙身上光滑、有斑纹，很精神很美丽，我们捉来饲养；当它有些疲倦的时候，就把它放掉。刺猬是忠厚的、看不透的，我不知为什么很同情它。因为这些微小的经历，我的生活也受到了微小的影响。比如我至今不能吃青蛙做成的“田鸡”菜。一个老实的朋友窗外悬挂了两张刺猬皮，问他，他说吃了两只刺猬——我从此觉得他很不好。人不可貌相。当说到这里的时候，我明白一个人的品性可能是很脆弱的，而形成的原因极其复杂。不过这种脆弱往往和极度的要求平等，要求给予普通生命起码的尊严，特别是和要求群起反对强暴以保护弱者的心理素质紧紧相连。缺少的是那种强悍，但更缺少的是被邪恶所利用的可能性。有着那样的心理状态，为人的一生将触犯很多很多东西，这点不存侥幸。

当我沉浸在这些往事里，当我试图以此来维持一份精神生活的同时，我常常感到与窗外大街上新兴的生活反差太大。如今各种欲望都胀满起来，本来就少得可怜的一点斯文被野性一扫而光。普通人被诱惑，但他们无能为力，像过去一样善良无欺，只是增添了三分焦虑。我看到他们就不想停留，不想待在人群里。我急匆匆地奔向河边，奔向草地和树林。凉凉的风里有草药的香味，一只只鸟儿在树梢上鸣叫。蜻蜓咬在一支芦秆上，它的红色肚腹像指针一样指向我。宁静而遥远的天空就像童年一样的颜色，可是它把童年隔开了。三五只灰蓝的鸽子落下来，小心地伸开粉丹丹的小脚掌。我可以看到它们光光的一丝不染的额头，看到那一对对不安的红豆豆般的圆眼。我想象它们在我的手掌下，让我轻轻抚摸时所感受到的一阵阵滑润。然而它们始终远远地伫立。那种惊恐和提防一般来说是没有错的。周围一片绿色，散布在空中的花粉的气味钻进鼻孔。我一人独处，倾听着天籁，默默接受着崭新的启示。我没有力量，没有一点力量。然而唯有这里可以让我悄悄地恢复起什么。

我曾经一个人在山区里奔波过。当时我刚满十七岁。那是一段艰难的日子，当然它也教给我很多很多。极度的沮丧和失望，双脚皴裂了还要攀登，难言的痛楚和哀怨，早早来临的仇视。当我今天回忆那些的时候，总要想起几个绚丽迷人的画面，它使我久久回味，再三地咀嚼。记得我急急地顶着烈日翻山，一件背心握在手里，不知不觉钻到了山隙深处。强劲的阳光把石头照得雪亮，所有的山草都像到了最后时刻。山间无声无息，万物都在默默忍受。我一个人踢响了石子，一个人听着孤单的回声。不知脚下的路是否对，口渴难耐。我一直是瞅准最高的那座山往前走，听人说翻过它也就到了。我那时有一阵深切的忧虑和惆怅泛上来，恨不能立刻遇到一个活的伙伴，即便一只猫也好。我的心怦怦跳着。后来我从一个陡陡的砾石坡上滑下来，脚板灼热地落定在一个小山谷里。映入眼帘的是一片清澈透底的亮水，是弯到山根后面去的光滑水流。我来不及仔细端量就扑入水中，先饱饱地喝了一顿，然后在浅水处仰下来。这时我才发现，这条水流的基底由砂岩构成，表层是布满气孔的熔岩。这么多气孔，它说明了当时岩浆喷涌而出的那会儿含有大量的气体，水在上面滑过，永无尽头地涮洗，有一尾黄色的半透明的小鱼卧在熔岩上，睁着不眠的小眼。细细的石英砂浮到身上，像些富有灵性的小东西似的，给我以安慰。就是这个酷热的中午，我躺在水里，想了很多事情。我想过一个个的亲属，他们的不同的处境、与我的关系，以及我所负有的巨大的责任。就是在这一刻我才恍然大悟："我年轻极了，简直就像熔岩上的小鱼一样稚嫩，我还有很多时间可以成长，可以往前赶路。"不久，我登上了那座山。

有一次我夜宿在山间一座孤房子里。那是个没有月亮的夜晚，屋内像墨一样黑。半夜里被山风和滚石惊醒，接着再也睡不着。我想这山里该有多少奇怪的东西，它们必定都乐于在夜间活动，它们包围了我。我以前听过无数鬼怪故事，这时万分后悔耳鼓里装过那些声音。比如人们讲的黑屋子里跳动的小矮人，他从一角走出，跳到人的肚子上，牙牙学语等等。我一动不动地盯着屋角，两眼发酸，我想人们为什么要在这么荒凉的地方盖一座独屋呢？这是非常奇怪的。天亮了，山里一个人告诉我：独屋上有很多扒坟扒出的砖石木料，它是那些热闹年头盖成的。我大白天就惊慌起来，不敢走进独屋。接下去的一夜我是在野地里挨过的，背靠着一棵杨树。我一点也没有害怕，因为我周围是没有遮拦的坡地和山影，是土壤和一棵棵的树。那一夜我的心飞到了海滩平原上，回到了我童年生活过的丛林中。我思念着儿时的伙伴，发现他们和当时当地的灌木浆果混在一起，无法分割。一切都是一样的甘甜可口，是已经失去的昨天的滋味。当时我流下了泪水。我真想飞回到林子里，去享受一下那里熟悉的夜露。这一夜天有些凉，我的衣服差不多半湿了。这说明野地里水汽充盈，一切都是蛮好的，像海边上的一样。待太阳升起的时候，我又可以看到一座连着一座的大山了，苍苍茫茫，云雾缠绕。我因此而自豪。因为我们的那一帮谁也没有见过真正的山。我已经在山里生活了这么多天了，并且能在山野中独处一个夜晚。这作为一个经历，并不比其他经历逊色，因为我至今还记得起来。就是那个夜晚我明白了，宽阔的大地让人安怡，而人们手工搭成的东西才装满了恐惧。

人不能背叛友谊。我相信自己从小跟那片绿野及绿野上聪慧的生灵有了血肉般的联结，我一生都不背叛它们。它们与我为伴，永远也不会欺辱我、歧视我，它们与我为善。我的同类把强暴和蛮横加在了它们身上，倒使我浑身战栗。在果园居住时我们养了一条深灰色的雌狗，叫小青。我真不愿提起它的名字，大概这是第一次。它和小孩子一样有童年，有顽皮的岁月，有天真无邪的双目。后来当然它长大一些了，深灰的毛发开始微微变蓝。它有些胖，圆乎乎的鼻子有了一股不易察觉的香味散发出来。我们都确凿无疑地知道它是一个姑娘，并且随着年龄的增长有了人一样的羞涩和自尊，有了矜持。我从外祖母那里得知了给狗计算年龄的方法，即人的一个月相当于它的一年，那么小青二十岁了。我们干什么都在一块儿，差不多有相同的愉快和不愉快。它像我们一样喜欢吃水果，遇到发酸的青果也闭上一个眼睛，流出口水。它没有衣服，没有鞋子，这在我看来是极不公平的。大约是一个普通的秋天，一个丝毫没有恶兆的挺好的秋天，突然从远处传来了新的不容变更的命令：打狗。所有的狗都要打，备战备荒。战争好像即将来临，一场坚守或者撤离就在眼前，杀掉多余的东西。我当时的感觉就是这样。我完全懵了，什么也听不清。全家人都为小青胆战心惊，有的提出送到亲戚家，有的出主意藏到丛林深处。当然这些方法都行不通。后来由母亲出面去找人商量，提出小青可否作为例外留下来，因为它在林子里。对方回答不行，没有一点变通的余地。接下去是残忍的等待。我清楚记得，是一天下午，负责打狗的人带了一个旧筐子来了，筐子里装了一根短棍和绳索、一把片子刀。我捂着耳朵跑到了林子深处。

那天深夜我才回到家里。到处没有一点声音。没有一个人睡，也没有一个人发出响动。天亮了，我想看到一点什么痕迹，什么也没有。院子里铺了一层洁净的沙子。

二十余年过去了。从那一次我明白了好多，仿佛一瞬间领悟了人世间全部的不平和残暴。从此生活中发生什么我都不会惊讶。他们硬是用暴力终止了一个挺好的生命，不允许它再呼吸。我有理由永远不停地诅咒他们，有理由作出这样的预言：残暴的人管理不好我们的生活，我一生也不会信任那些凶恶冷酷的人。如果我不这样，我就是一个背叛者。

说到这里我想起了人的苦难经历与一个人的信念的关系。不知怎么，我现在越来越警惕那些言必称苦难的人，特别是具体到自己的苦难的人。一个饱受贫困的折磨和精神摧残的人，不见得就是让人放心的人。因为我发现，一个人有过痛苦的不幸经历是极为重要的，但更为重要的是懂得珍惜这一切。你可能也亲眼目睹了这样的情景：有人也许并不缺少艰难的昨天，可是他们在生活中总是自觉不自觉地与一个地方一个时期最黑暗的势力站在一起。他们心灵的指针任何时候也不曾指向弱者，谎言和不负责任的大话一学就会。我将不断地向自己叮嘱这一点，罗列这些现象，以守住心中最神圣的那么一点东西。如果我不能，我也是一个背叛者。

我明白恶的引诱是太多太多了。比如人的一生中会碰到很多宴会，并且大多会愉快地参加。宴会很丰盛，差不多总是吃掉一半剩下一半，差不多总是以荤为主。这就有了两个问题：一是当他坐在桌边，会想到自己的亲属，还有很多认识的、不认识的人，同一时刻正在嚼着简陋的难以下咽的食品吗？那么这张桌子摆这么多东西是合理的吗？或许他又会转念一想：我如果离开这张桌子，那么大多数人是不会离开的，这里那里，今天明天，无数的宴会总要不断地进行下去。而我吃掉自己的一份，起码并没有连同心中的责任一同吞咽下去，它甚至可以化为气力，去为那些贫穷的人争得什么。如果真是这样，那也可怕得很。无数这样的个人心理恰恰造成了客观上极其宽泛的残酷。它的现实是，一方面是对温饱的渴求，另一方面是酒肉的河流。第二个问题是吃荤。谁在美餐的时刻想到动物在流血、一个个生命被屠宰呢？它们活着的时候不是挺可爱的吗？它们在梳理羽毛，它们在眨动眼睛。你可能喜欢它们。然而这一切都被牙齿粉碎了。看来心中的一点怜悯还不足以抵挡口腹之欲。我与大多数人同样的伪善和虚妄，似乎无力超越。我不止一次对人说过我的预测，我的一个至关重要的判断：如果我们的文明发展得还不算太慢的话，如果还来得及，那么人类总有一天会告别餐食动物的历史；也只有到了这一天，人类才会从根本上摆脱似乎是从来不可避免的悲剧。这差不多成了一个标志、一个界限。因为人类不可能用沾满鲜血的双手去摘取宇宙间完美的果子。我对此坚信不疑。

要说的太多了。让我们还是回到生机盎然的原野上吧，回到绿色中间。那儿或者沉默或者喧哗。但总会有一种久远的强大的旋律，这是在其他地方所听不到的。自然界的大小生命一起参与弹拨一只琴，妙不可言。我相信最终还有一种矫正人心的更为深远的力量潜藏其间，那即是向善的力量。让我们感觉它、搜寻它、依靠它，一辈子也不犹疑。

想来想去，我觉得没有更多的东西可以信赖，今天如此，明天大概还是如此。一切都在变化，都在显露真形，都会余下一缕淡弱的尾音，唯有大自然给我永恒的启示。

林与海与狗

想起过去，心中往往出现并列一起的三部分：林子，大海，狗。它们纠集于我的童年。也许“狗”做了一切动物的代表，但它仍然是具体的狗。它不仅给我友谊，帮助我理解，而且还让我透视了许多生命的奥秘。林子在海滩平原上，狗和各种动物在林子中，我则徘徊在它们之间。

上学后童年就被约束了。但走出校门的时间总多于规规矩矩做学生的时间。我们撒腿在林子里奔跑，欢乐享用不尽，留做一生滋养。我们从小就认识了数不清的植物。大树灌木花草各长在什么地方，什么模样，都了然于心。它们后来只需我们以植物学上规定的名称重叫一次而已。

海滩上林密人稀，只有很少几个村庄散在林中。猎人、采药人、渔人，他们在林中活动。关于林子的传说很多，这些传说的主题从许久以前就形成了，主要是劝人不要伤害动植物。它贯彻了人与物平等的观念。比如说口口相传的故事中，人往往不如一只动物善良和聪明，也不如一棵老树更值得敬重，等等。

国营林场里有一位老人，一些年轻工人。他们对我和朋友们都很重要，反过来也是一样。他们给我们故事和吃的东西，让我们看他们的狗；我们则使他们不寂寞，高兴；有时也让他们解解恨。因为人有时候总要发火，要骂人，要追赶，这都是经常发生的。林场的人常为一些微不足道的事情翻脸，如临大敌地追捕我们。

我们就在林子中窜与藏。他们大了，心眼多，可是跑得慢，手脚笨。其实我们不过是摘了他们几条黄瓜，爬树折断了枝丫之类。他们动此干戈多不值得。现在想一想，可能是他们太孤单无趣了，就半真半假地纠缠我们。

还有果园工人。这些人与我们好的时候特别可亲。好的季节是冬天和春天。那时他们修土埂、浇水和剪枝，在鲜花中劳动，人也和蔼。他们开我们的玩笑，互赠吃物，与各位家长来往时笑脸相迎。但果子大了熟了就不行了。那时他们声气变粗。因为我们要想法弄一些果子。现在回想，人在小时候对樱桃、李子和苹果的思念真是不可思议。吃果子的欲望盖过一切。一定要偷，要摘。人的生命在那个阶段可以概括为“果子时代”。

也就是那种欲望使我们与果园工人关系紧张。他们提防我们，用对付敌人的办法来整治我们。比如埋伏、设绊子，一旦抓到就不依不饶。我们顺着紫穗槐灌木往前爬，爬到果园来一次偷袭。而他们也常常趴在紫穗槐下守株待兔。那是恐怖难忘的季节。

许多人在我们长大之后，在庄重的场合相互见面了。一想起往昔的对峙，个个不无尴尬。

穿过林子和草地去海上。海的春冬秋夏各有不同，很难说哪个最好。有人特别歌颂夏天的海，一提到海就是“畅游”。这是不能深入了解海的缘故。真正的吸引分在四季。冬海的颜色，浪涌推上的螺与鱼、一些木板小瓶杂物，就远非其他季节可比。还有，冬海里没有多少船，海边最静，只有看鱼铺的三五个老人。他们脾气怪，有新鲜大鱼，还教我们抽烟喝酒。如果要了解大人的故事，就得去找看鱼铺的老人。他们健谈，乱说，没有禁忌。冬天的大鱼有逼人的鲜气，一锅鱼汤的美味从此不忘。冬鱼油旺，白水煮鱼只放一点姜和醋，有时还洒几滴酒。老人让我们回家偷酒，我们偷了。记得我们当中就有四个是他们教会了抽烟的，家里人发现了也并不严厉制止，只说："抽吗？早了些。"

夏天进海游泳的欢乐说了又说，是因为我们见到和经历的非他人可比。有一个叫"老黑"的人，能手擎裤子游到深海，来去自由。有一次他与人打赌，说要游到水雾蒙蒙的一个岛子上。他真的游去又游回。而今这一段水路通客船了，船跑一个单程要半个小时。

海上不穿裤子的人多，他们自然地来往，劳动中的裸体好看。我们从小习惯了这样的裸体，懂得了人体美。我们同时注意到：买鱼的或来海边游玩的女人并不憎恶和好奇。她们安详平静的目光在裸男身上掠过，让人觉得成熟和从容。这一点经历，能够让我们在后来的社会风俗变异中安然处之，让我们较为坚强和正常地面对各种思潮，包括社会体制的变革。

我们还亲眼看到一个人赤身裸体在海里逮一个大海蜇。它的彩色飘带缠到了他身上，使其疾喊无声，最后遍体鳞伤。人疼得死去活来，躺在沙滩上滚动。

海上老大嗓门最豪，他是我一生中所见到的最能粗吼的人。这人后脖子上有一块厚肉墩，他在沙地上跑和喊，那肉就不停地颤。我们无论是在光亮逼人的白昼，还是在一排排火把下，都过分留意了他那个大肉墩。我们甚至觉得它是海上老大的必然徽章。他长得粗眉大眼，五十多岁；据说二十年前浪迹天涯，并为许多女人所爱。

受人护佑和珍惜的大狗在人群中伫立、游走。它们有人一样的神情，挺胸昂首去看汹涌的海。它们见了打招呼的人就点点头，活动一下双脚，重新观察大海。不少人提到了欢蹦的狗和顽皮的狗，当然，那是它们幼小的时候。投入成年生活的大狗神气很像人，并且不苟言笑。

我们养了几次狗，为它们自豪和痛苦。它们一生的主要事迹可以写成一本大书。它们个个温情而机智，见义勇为。它们的结局都与动荡的社会有关。在急剧躁动的岁月，人都变得疯狂了，所以它们就成为了牺牲品。这样的悲剧是人类社会悲剧的缩影。这使我们在后来的悲剧——发生的和必将发生的悲剧中，能够有所提防、有所预感和有所认识。

大黄狗，棕色和栗色的狗，大花狗，都是品质优异的狗。它们在进入人类生活之前仿佛先自行选择了一次，因为我不记得特别坏和特别让人厌恶的狗。它们陪伴了我的童年，并让我长思不绝。

马　颂

一

园艺场的饲养棚里有很多可爱的动物。小时候，那里是我们获得欢乐的一个重要去处。它在果园深处，大约是在西北角的一片丛林里，四周有高高的、红砖砌成的围墙，有大烟囱，有白杨树，树上有一群群的灰喜鹊。饲养场养着一些牛、羊、猪、鸡、驴、骡，主要的还是马。饲养员有好几个，他们各自管理不同的动物

群，戴着套袖、帽子，扎着围裙，手里总是提一把铁勺或扫帚，忙忙碌碌，一边做活一边咕咕哝哝。

他们大多是年过半百的人，几乎无一例外地叼着一个烟斗。

养马的是一个叫老安的老头。据说他以前当过兵，在部队就养马。在我看来，只有他才更像一个饲养员。老安当年在一个骑兵连里喂马，由于没有文化，自己也讲不清那是一支什么队伍。有人怀疑他当过白军，甚至是土匪。老安极力否认，可又拿不出证据。

就是这样的一位老人，和善、安稳，对所有的人都不敢得罪，因为他的身份还是一个悬案，所以他要讨好所有的人。

那一排大马油光闪亮，红色的、棕色的，甚至有一匹接近纯白色的。可惜它的尾巴那儿有一点儿灰黑色，耳朵上有着黑斑，肚腹那儿颜色也不太纯；要不然的话，它该是一匹多么漂亮的白马。比起它来，它身边的另一匹灰色的马却完全是统一的颜色，而且这匹马微胖，毛色也更亮一些。我们都觉得它是一位女性。

老安告诉我们它是一匹骒马。我们从这位老人的嘴里懂得了“骒马”就是“母马”的意思。

二

我最喜欢的就是这匹灰马，它的名字叫“灰子”。我却固执地在心里叫它“慧子”。老安一直没有发现我称呼中的这个秘密，当我叫“慧子”的时候，他总是应和着，说灰子如何如何，如何如何。

平时我们绝对被禁止进入那一道木栏的内部。它隔开了我们和那几匹马。它们在木栏的那一边喝水，咀嚼草料。它们吃草发出的那种“切切”声非常诱人，它们吃得香甜，干燥的草秸被坚固的牙齿毫不犹豫地嚼碎，才能发出这种清脆的声音。

它们一律长着灰蓝色的水灵灵的大眼睛，有着长长的睫毛。我从来认为所有的眼睛都不如马眼漂亮。它聪慧、机智，明亮而且永远有着女性的温馨。

有一段时间，大约每个周六我都要到饲养场去，几乎是直奔马棚。那一溜大马并不是总在那儿，有时候这一匹不在，有时候那一匹不在。所有马的名字我都叫得上来，谁不在，谁就是出去工作了。它们大半就在园子里劳动，驾车或是做点别的。也有的要“出差”到更远的地方，比如到南山或海港。它们总是从海港那儿运回很多东西：煤炭、粮食，或是什么机器。

有一次就由慧子拉来了一台从未见过的机器，现在回想起来还非常神秘。

机器拉回来，又用两领席子小心地盖好，下面也铺了席子。我们掀起席子一角仔细端量。四周没有人，我们就更大胆地端详起来。

这是一台柴油机，当时觉得尽善尽美。两个大大的轮子多么奇怪。它让人想起什么？想起碾盘。还有排气管、一些神秘的输油管和水管。

现在回想起来，还记起那台机器上有几个菠萝果似的东西。

总之，它精致、完美、神秘，几乎在一切方面都达到了一个极限。

后来，场地上的那几领席子就不见了，机器也不翼而飞了……许久之后我们才在粉丝厂里看到了它。它在那儿“嗵嗵”鸣叫，带动起无数的齿轮一起转动。它原来有那么大的力量，这是我们始料不及的。但是那儿绝对禁止参观，我们只能俯在窗户上往里望。

这种兴趣并没有保持多久。后来我们就从窗户跟前走开了，又回到了马棚那儿。

三

我相信慧子认识了我，而且与我产生了友谊。它在没事的时候就抬头看我，眼睛里似乎装满了对我的问候与关切。老安不在的时候我就小声对它诉说，想把心里的隐秘告诉它。因为在这个世界上没有第二个人可以倾听这些；有些话我甚至在母亲身边也不曾说过，更不用说在同学之间了。

我好几次大胆地钻过木栅栏，站到它身边。我一点也不觉得危险。而在这之前，老安多次吓唬我，说千万不要走到马的近前，它们的蹄子如果踢过来，你也就完了。

我站在慧子旁边，它喘气的声音我都听得见。好几次，我想伸手抚摸一下它毛茸茸的双耳，它的脸颊，还有它柔软的嘴巴。我不太敢，甚至有点羞涩。

是的，我清楚地记得当时我在一匹马的旁边所感到的那种羞涩。我觉得我的衣服太寒酸了，由于个子长得太快，裤脚吊在那儿；鞋子也有些破，虽然穿了袜子，但袜子也已经很旧了。我觉得站在这么完美的大马跟前，真是显得分外寒酸。而且我觉得比起它来，我显得那么丑陋，而它竟然如此漂亮、干净，身上连一丝灰气都没有。我试过，在它的毛发上抚摸一会儿，手上一点灰尘都不沾。

我大着胆子去触摸它的茸毛了。它激动地一抖。我继续抚摸。它瞥了我一眼。后来我终于去摸它的耳朵了。一种温煦的、春阳一般的感觉顺着手臂传遍全身，喜悦没法表述。我又去摸它的脸颊、柔软的嘴巴。那柔软的嘴啊，只要抚摸一下就再也不会忘记。它的尾巴一动一动的，蹄子似乎也颤动了一下。

但是我敢肯定，它从来没有想过踢我一下。我抱住它丰硕的长颈，一下一下地搂抱、依偎。

四

有一天我正在这样做，老安看到了。原来他早就站在栅栏外边吸烟斗。他的目光垂下来。我发现了他，手立刻从慧子颈上拿开。他说：“这一匹可以，那几匹不行。它的脾气好，只有它行。”

我明白了，老安对慧子也比对其他的马好。

有一次慧子离开了，一连两天都没有见到。老安说它到南山去了，它驾辕，比它小一点的一匹棕色马和它做伴。老安告诉我，他真舍不得它们哩，那个赶车人毛手毛脚的，而在这之前都是他亲自赶车，他对它们照顾得才好。那时候他经常驾车到海港、到南山，甚至到更远的地方。“风里雨里啊，”老安磕着烟斗，“那些日子经历了多少事情，可真不容易呀！人啊，马啊，其实都一样。有什么不一样？”他握着烟斗比画着，“我觉得人和马都一样，拉一辈子车，吃一点儿草、草料，就这么着。”

老安的眼望着天空，眨动着，像是害怕阳光。

三天之后，慧子回来了。

我吓了一跳：它身上满是泥巴、草屑，样子有些疲惫。老安过去给它洗刷身子，我帮老安提水。后来我发现老安的刷子挨上一个地方，慧子就全身抖动。老安的刷子颤了一下，烟斗从嘴里掉了。

天哪，那里有一道伤口，一寸多长。我哭了。老安没有哭，他转身就走，一会儿取来了一些药水。当他涂抹的时候，慧子全身的皮毛都抖。它甚至闭了一下眼睛，但只一会儿，它又像原来一样安静了。

老安这一天一声未吭。我很久都没有离开慧子，可是我说不出什么，只抚摸它的脸颊。当我搂着它那长长的颈部的时候，觉得它也在一下一下磨蹭。它的脸贴到了我的脸上，我感觉到了。

我问：“那个人欺负你了吧？他到底怎么了？路上遇到了什么？”我问了很多，它没法回答。

慧子无法与我对话，这是令我惋惜的事情之一。我没法弄明白它在想什么，它怎么看待我、我们，怎么看待自己，还有它与其他动物的交往。这一切都搞不明白了。

五

我不知自己叫什么名字，他们叫我“马”，还叫我“灰子”。当他们喊“马”的时候，我和同伴一起抬头；当他们喊“灰子”的时候，我知道那是针对我自己的。这时候一股热流就从我的下颏那儿泛上来，它们涌到我的双眼，使我差一点儿渗出泪水。

站在我身边吆吆喝喝的都是人，他们比我高，可是他们没有我长，他们的体重、他们的规模远没有我大。他们的模样在我看来很怪，尽管有时候显得非常可爱。我总在路上看到那些树木、电线杆，还有烟囱，都跟人的模样有许多相似：它们都是高的，而不是长的。就因为人的缘故，我对所有高的东西，都存几分敬畏，主要是害怕。

有一次我到南山，正走在路上，听到一声巨响。原来有一个人在路边的草丛那儿，手拿一个棍子模样的东西，指向一只奔跑的野兔。挺好的野兔，它的尾巴就像一朵会移动的花。那根棍子冒出一股烟，野兔倒地死去了，流了很多血。这样的情景我后来还见过好几次。

一只狐狸，长脸，很漂亮，我认识它，也认识它的母亲。它的母亲叫小梅。就是人自己也起不出这么好的名字。它的女儿刚两岁，就被人用这种会冒烟、发出暴响的棍子给打死了。

人在我眼里是非常奇怪的东西，残暴、温柔、性格开朗，有时又阴沉、凶险。我不知该怎样对待他们。在他们当中，我大致可以这样排列：小孩比大人好，女的比男的好。我非常喜欢的是那些长着很长的毛发，甚至是把它们编成辫子、穿花衣服的人。她们的眼睛比较好看，更亮一些，她们的嘴角往上翘，湿润润的。她们看我的时候，双眼都发出儿童似的光芒。我发现这些有很长的头发的人，要衰老非常慢，因为她们的目光里永远有孩子一样的神情。我很少能把她们区别开来。

有一个孩子在衣兜里装了很多花生果，看到四下没人，就把它掬在我很大的四方木碗里。多么甘甜，我忘不了他给的宝贵食物。

有一天，就在我驾车从南山走出时，在一个下坡地上，赶车的年轻人把车停了，我们一起歇息。他招呼路边的一个人，看来他们都是熟人了。我顺着他的喊声望去，见那是一个头发长长的人，就是那种非常可爱的、有着儿童一样眼睛的人。她在喊声里高兴了，蹦起来了，又从一个地方提来了水。我知道那水是给我的。

我喝上了她给的清凉甘泉。我喝着，忘记了一切，因为我出汗很多，太渴了。正这时候，我被身边的一种声音给吸引了。

那是非常熟悉的一种声音。我一抬头就看到：赶车的青年和那个姑娘贴紧在一起。姑娘很矮，踮着脚去吻他，他们的嘴巴对在一起，就发出了那种好听的声音。小伙子又在姑娘耳朵跟前咕哝，发出哈气声。那个姑娘的脸一下红了。我觉得她的眼睛里有火苗在闪跳。

他们分开，每个人都把手按在我的脊背那儿。他们的手像烙铁一样热。这时不知为什么，我抬起头，在小伙子和姑娘的脸颊那儿一个挨一个地吻了他们一下。他们皱着眉头，一边擦脸，一边怨怒地盯我。

后来小伙子吆喝我，要我上路。姑娘把水桶提起，竟然也跃上车去。小伙子用鞭子敲着我的后背，只是一个习惯性动作。我加快步子。

那个姑娘在车上坐了很远才跳下车去。他们就这样告别了。很远了，我还看见她站在田里，头上包扎着红头巾，多么鲜艳。野地是绿色的，而她是一个红点，一把火。

回来后，受人的启发，我也想去吻同伴。我旁边是比我大一岁的棕色雄马，脾气暴躁。烦躁的时候，甚至用蹄子踢我。那是无缘无故的发泄，我总是迁就它，它什么也不懂。它还比我大一岁，可是我比它懂得多。一天半夜老安来了，他总不忘给我们饮水，上草料。他离开后，我看到身边的棕马有些高兴，它正看着我，目光里有渴求、有微笑。我明白它在渴求什么，有好几次它想来拥我，只是它的缰绳太短了，很难挨近。我们只能把脸颊贴在一块儿轻轻磨蹭。这一天我主动贴近了它。

我们在一起相挨了很久。它全身都抖，每一根毛发都抖……正这会儿老安来了。他发出“哼”的一声，烟斗取下来。他在看着我们。月光下我看得清楚：老安眼里闪着泪花。他的眼睛离开我们，望望天空，望望月亮，又蹲下。他不停地吸烟，火头一闪一灭。他咳嗽。

就是这天早晨，那个送花生果的孩子又来了。他这次从衣兜里掏出两个苹果，一块儿放在了我的面前。我咬起一个，毫不犹豫地送给我的棕马伙伴。它高声大叫。

我们各自细细地享用了这一枚红果。孩子抱住了我，他的脸贴在我的脸上。我一刻不停地吻他。这个孩子哭了。

你为什么泣哭？我仰起脸来问他，他听不懂我的话。他不停地哭。

六

有一只刺猬，常常在半夜到马棚来溜达。它想找一点东西吃，更多的时候是想嗅一嗅这里的气味。它的长鼻子一动一动，就能嗅到马身上所散发出来的那种好闻的劳动的气息。还有，从它们身上，大约是脊背那儿吧，经常散发出一股太阳的气味，“很好闻，很好闻。”它这样咕哝着。

它特别想离这些大马近一点儿，想瞅一瞅它们完整的形象，可是做不到。马太高、太大，四条腿就像宫殿的柱子，眼睛差不多比得上它的整个头颅；还有朝上竖起的一动一动的双耳，长长的脸……“天哪，这是一种什么神奇的动物？”

过去，刺猬非常崇拜人。因为它从一个奇怪的角度才能看到他们的整体，他们的脸庞。它觉得这是一些向万物发出召唤的动物，而且能言善辩。好多人在一起，也可以一个人在一个地方。他们做很多事情，其他动物都听他们的话。有一些动物长着四条圆圆的腿，一走路就发出吭吭的声音。人可以骑到它们身上，指挥它们。人可以搬得动、挪得动、指挥得动许多比他们大得多的动物。他们高兴了简直可以移动山峰哩。

有一段日子刺猬非常喜欢喜鹊和燕子。因为它亲眼看到它们打一个漂亮的旋儿，飞上一道道高压线，在那儿排成美丽的一行。它在心里想：如果跌下来，那该怎么办呢？它们的身子一翘一翘的，眼看就要跌下来了，最后还是没有。它们旋动着，飞向更高更远。

有一只非常大的鸟飞到了云彩那么高。它问年长的刺猬，年长的刺猬告诉它：那叫鹰。从那儿以后它又最崇拜鹰了。

它最同情的是在地上蠕动的蚯蚓，还有在植物的茎秆上爬的七星瓢虫之类。至于说那些蜜虫，它连正眼都不瞧一下。

它崇拜马有一段时间了。最初它是看到灰子拉一架大车，车上装满了石块。“天哪！”它惊叹了一声，眼看着灰子拉着这车从山坡到大路，滚滚而来。它吓得躲到了路边。像雷声一样的车子隆隆走过，它还在那里惊愕不止。

从此它知道了马竟然有如此巨大的力量。有一只灰喜鹊停在低矮一点的枝丫上，那圆圆的小脑壳摇来摇去。刺猬问："看到了吗？"灰喜鹊说："这是自然的了！""你怎么想呢？"灰喜鹊圆圆的脑壳又摇动了一下："你还没有看见它们独个的时候跑起来，那才叫漂亮，那是电光啊！"

灰喜鹊说过这话不久，大约是一个傍晚吧，刺猬听到了咯噔咯噔的声音。近了，真的是一匹大马，火红色的，就在霞光里蹿跳。它跑到原野上，打一个漂亮的旋，又奔向远方。那鬃毛啊，在晚霞中燎动，燃烧。大马那么快地蹬上山岭，又冲下漫坡。它望不见了。有一群鸟雀追赶它，在高处叽叽喳喳为它叫好。后来，这匹马又箭一般地射过来，"是啊，它是闪电啊！"刺猬心里说。

刺猬甚至在一个夜晚听到了一只狐狸、一只草獾，还有一只黄鼠狼之类的，反正是五六种动物在那儿叽叽喳喳地闲扯篇儿。黄鼠狼说："在所有的动物当中，我最喜欢的是马。它老实，从来不欺负别的动物，而且只吃草，不像有的东西，乱咬。"草獾说："马又大，身体又亮，比人好二十倍。"另一个动物说："我一想到马就很害羞。它美丽，只是自己美丽着，它什么时候以自己的长处来比我们的短处，又什么时候嘀嘀咕咕过我们的坏话呢？"狐狸说："是啊，我虽然一张脸也很漂亮，许多人却憎恨我。虽然他们憎恨我，但我仍然也还是漂亮。连那些高傲的人也承认我的智慧。可是马呢，像我一样漂亮，人却从来不憎恨马，可见马身上有高'我'一等的地方。"草獾说："人算什么？他们身上有一股不让人喜欢的神气头儿，而且还总要骑在马的身上。我亲眼看到一个人骑在马的身上，用鞭子不停地抽马的屁股，让马飞快地跑。"

另有一只动物一直躺在那儿呼呼大睡，它的体积也很大，刺猬不认识它。这时候它好像刚刚醒来，瓮声瓮气地加入了谈话，说：“我的父亲以前咬死过一匹马，为这事，我的妈妈害羞、难过。她从我刚懂事的时候就嘱咐我，再也不要去伤害马了。马是善良、和蔼的朋友，马浑身上下都没有一点儿缺点。”刺猬在黑影里尽力地看去，这才看清：它是一头豹子。豹子打着呵欠：“你们快快走开吧，我正在学马吃草，可是在学会之前，你们在我旁边都是很危险的——我这才算是说了一句实话。”

它再一次伸着懒腰，打着呵欠。这时候所有的动物都“轰”的一声散开了。

七

老安有时候不得不离开马棚，他是被一些持枪的人给押走的。他们吆吆喝喝把他拉到一个地方，后背拴着他的手，牵着他走。

老安走的时候总要恋恋不舍地看着他的马，所有的马也都一齐抬起头来目送。

我站在一个角落看着老安。我知道他要被拉到一个会场上，在那儿有很多人威吓他，吆喝半天，甚至有人要揍他几个耳光。我对这些场合绝不陌生，看过很多。我替老安难过。

每一次老安回来，身上都带着伤。他一声不吭，弯下腰去给马添草料，后来又抽烟斗。

有一次他叹息说："我呀，这辈子都离不开马了。我因为它们才遭这么多罪，可是……还得干这一行。我喜欢它们。就因为它们比人好，比好多人都好。马呀，我离不开马。"

我知道他是什么意思。他在说：就因为他给一个骑兵连喂过马，所以那些背枪的人就一次又一次地折磨他。他们逼他，问他那到底是哪一个连，是什么样的队伍。而老安一个字也不识，记忆又不好，所以吞吞吐吐总也讲不清。讲不清，他们就不放过他。这样已经有十几年了。

“再有十几年，”老安说，“也许差不多了。”我知道他的意思是说自己那时就要死了。我问老安：“为什么离不开马？”老安不吭声。我反复问，他才说：“为什么？那原因太多了，说不清。孩子啊，我这样的人没有多少愿意跟我说话的，除了你，再就是这群马了。”

“我从来也没看到你和马说话，马也不能回答你的话啊。”

老安摇头：“我和它们讲话一般不用嘴。”他举起满是茧花的两只手。我明白了。

他总是一匹匹马抚摸，摸它们的脸、后背、尾巴，摸它们的腿。所有被摸过的马都那么温驯。当他的手挨上它们身体的时候，它们的身体就倾过来，给他的手掌以重量，有时全身打抖，把嘴巴贴在老人的手上磨蹭。

的确是一种对话。老安的脸色与过去不同，眼角的皱纹不停地抖，嘴角也不停地抖，有时候泪珠就滚落下来。这样的情景我看过不止一次。

八

老安告诉我：有一年，大约就是他从部队回来的第二年吧，他除了喂马还要驾车。有一次从南山拉了一车石头，走到半路上，倾盆大雨就落下来。泥汤滚动，车轮的一大半都陷入泥汤。还好，路基是硬的，这样车就陷不进去。驾辕的是一匹枣红大马，前边的是一匹更年轻一点的棕马。

雨越下越大，停下来不是办法，走下去又很危险。这么重的石头，又是下坡路，这马稍微失一下前蹄，车杆往下一冲，也就坏了。他身上淋得精湿，跋涉了一天，疲惫极了。他没法停下来给马喂草料，所以马也很疲惫。正这时，他一不小心栽到了车轮前面。那是脚下的一个泥坑。他的头嗡的一响，知道这下完了，车子很快就会从身上压过。

就在这时，那匹驾辕的枣红马猛嘶一声，那响声啊，压住了闪电雷鸣。接着那马使出全身的力气抵住下滑的车子，四蹄深插泥土，低头一口咬住了老安的后背，猛一下把他甩出来，甩到了路边。

“就这样，这匹大马救了我一命！”

老安说着，紧盯正在低头倾听的慧子，仿佛就是眼前这匹骒马救了他一样。

我走过去抚摸慧子。

老安说：“有什么比马更懂事呢？有什么比马的心更软、更和善呢？”

我回答不出，我只记得马辛苦地劳动，温驯地对待大家，不记得它伤害过任何一种动物。

九

有一次，我问起慧子从海港拉来的那台奇妙的机器，老安不安地搓手：“你知道吗？将来什么都要改成机器，驾车是机器，犁地是机器，一切都是机器。到那个时候马就没有用处了。”

我不信。老安说：“你不明白，忘恩负义的人啊，只要没有用处了，他们也就不会再养它护它。所以说到那时候，这个饲养棚也就不会有了。他们不会白白地喂它们草料。”

我惊讶极了：“那时候就会没有马了？”

老安点点头：“因为人不需要它们了。”

我吸了一口冷气，“天哪，没有马的世界该是多么可怕。这么大、这么漂亮的马，难道它们真要……”我不敢想下去。

老安说：“人什么事情都做得出，马有一天会从这里走开的。那一天到来的时候，如果我活着，我就会给它们解了缰绳，把它们放到山里，放到荒滩上。我也跟它们去，我在那里伺候它们吃喝，反正我要和马在一起。”

老安说着“咯噔”一声把烟管咬住了，脸背向了黑暗里，好久才重新转过来。点亮的桅灯下，我看到老安满脸发亮。他使劲抹了一下脸，说：“恐怕这也不成，为什么？因为他们还会把我抓回来。他们会把所有的马都杀光。”

我用力摇头，打赌般地喊：“不会的！不会的！”

“你不懂，孩子，人从来都是这样。许久前的那个骑兵连，有一次我们在路上没得吃了，粮都光了，就杀了两匹马。那是两匹老马，它们立了多少功……”

慧子一直垂头倾听。它的眼睛里有一层什么。

我们对这场交谈都有些后悔。我们该离它远一点说话。

为了安慰它，我抱住它的脖子。老安的手掌在它的脊背那儿抚摸、拍打。

下雨下雪

以前的下雨才是真正的下雨。“下雨了下雨了！”人们大声呼喊着，把衣服盖在头顶上往回跑，一颠一颠地跑，一口气跑过大片庄稼地，跑过荆条棵子，蹦蹦跳跳跨到小路上，又一直跑回家去。

雨越下越大，全世界都在下雨。

如果天黑了雨还不停，那就可怕了。风声雨声搅在一起，像一万个怪兽放声吼叫。我们这儿离海只有五六里远，奇怪的大雨让人怀疑是那片无边无际的大水倾

斜了。

天黑以前父亲在院里奔忙。他冒雨垒土，在门前筑起一道圆圆的土坎，又疏通了排水沟。这样雨水就不易灌进屋里。半夜里漂起脸盆冲走鞋子，都是再经常不过的事情了。

妈妈说，我们搬到这个荒凉地方就没安生过。树林子里野物叫声吓人，它们说不定什么时候就跳出来，咬走我们的鸡、兔子。本来养了狗护门，可是好几次狗脸都让野物爪子撕破了。这个荒凉地方啊，大雨瓢泼一样，最大的时候你听，就像小孩儿哭："哇……"

是爸爸使我们来到这个荒无人烟的地方。茫茫的海滩上偶尔有采药的、到海边上拣鱼的人走过去。要穿过林子向南走很远，才看得见整齐的、大片的庄稼地，看见一个小小的村子，看见那些做活的人在雨中奔跑。

我有时并不慌慌地跑，因为白天的雨只好玩，不吓人。

让雨把浑身淋透吧，让衣服贴在身上，头发也往下淌水吧！让我做个打湿了羽毛的小鸟在林子里胡乱飞翔。雨水把林中的一切都改变了模样，让蘑菇饱胀着，伞顶儿又鼓又亮，从树腰、树根、从草丛中生出来，红红的、黄黄的。有的鸟不敢飞动了，躲在密密的叶子里；有的大鸟什么也不怕，嘎嘎大叫。我亲眼看见有一只大狐狸在雨中翘起前爪，不知为什么东张西望。水饱饱地浇灌着土地，地上的枯枝败叶和草屑吮饱了水分，像厚厚的干饭被蒸熟了，胀了一层。小小的壳上有星的虫子在上面爬。老橡树的每一条皱纹里都流着水。咔啦啦，有棵老树在远处倒下了，我听见四周的树都哭了。地上有一大簇红花，仿佛被谁归拢在一块儿，红得发亮。

“这个孩子还不回来！”我听见妈妈在小屋里不耐烦地、焦躁地咕哝了。

其实这有什么可担心的。我又没有到海上去玩。有一次我差一点被淹死——那是大雨来临之前的一阵大风，推拥上一连串的巨浪，把我压在了下面。我飞快地划动两手往岸上逃，结果还是来不及。总之差一点被淹死。当时大雨猛地下起来，一根一根抽打我。看看大海那一边的云彩吧，酱红色！多么可怕的颜色啊！

记得那一次我撒开腿往回跑，不知跌了多少跤。我朦朦胧胧觉得身后的大海涌来了，巨大的潮头把我追赶，一旦追上来，一下子就把我吞噬了。我的脸木木的，那是吓的。天上的雷落到地上，又在地上滚动，像两个穿红衣服的女人在打斗，一个扯掉了另一个的头发。轰轰的爆响就在我的脚下，我觉得裤脚都被烧得赤红。我趴在地上紧闭双眼，一动不动。我好不容易才抬起头，紧接着有个巨雷不偏不倚，正好在我的头顶炸响了……那是多么可怕的奔逃啊！

从那以后我知道了四周藏满了令人恐惧的东西，特别是雨天的大海。

我从林子里跑回家去，身上总是沾满树叶和绿草。妈妈一边责备，一边摘去我衣服上沾的东西。我嘴不停歇，比画着告诉她雨中看到的一切。

我回到家里没有一会儿，外面就传来了青蛙的叫声。这声音密集而激烈，像催促着什么一样。天就要黑得像墨一样了。沟渠里的水满了，青蛙又高兴了。它们跳啊唱啊，在自己好玩的地方尽情地玩了。

夜里我睡不着，躺在炕上听雨和风怎样扑打后窗。到了半夜，这声音似乎又加大了。我想这世界多么可怕，你拿它一点办法也没有。这大雨多么厉害啊，树木都在大雨里哭啊，大雨用鞭子已经抽打了它一天一夜了，把它光亮的绿叶子都抽打碎了。我总担心这一夜海潮会漫上来，那时我们的小房子也会浮上来吧？

不记得什么时候醒来了——只听见父亲在吵什么。我赶紧揉揉眼爬起来，发现身上扣了个簸箕。原来半夜里房子漏雨了，妈妈给我扣上了它遮雨。我看见簸箕上溅满了泥浆。父亲挽着裤子在屋里走，弯腰收拾东西。屋里的水已经半尺深了。可外面的大雨还没有停呢！

这老天是怎么了啊！老天爷要祸害人了！大雨下了一天一夜还不够吗？还要下到什么时候？人、牲口全都泡在水里，你就高兴了吗？父亲一声连一声地骂、咕哝。

胶皮鞋子像小船一样在屋子中间漂游。

我跳下来，一头钻出屋子。天哪！外面白茫茫一片大水。我们真的掉进海里了。妈妈说，恐怕是南边的水库大坝被洪水冲了，不然我们这儿不会这样。尽管下了一天一夜，可一般的雨水都退得比较快，因为这儿离海近。要是真的毁了大坝可就糟了！她咕哝了一会儿，我看见了一条白肚子小鱼在院子里游动，就大喊了一声。

父亲和母亲都迎着喊声跑过来，看院里的鱼。“恐怕是那么回事了！”父亲说了一句，手里的瓢掉在地上。他刚才一直往外淘水。

不管怎样，我得先逮住那条鱼再说。我跑在院子里，一次一次都落空了。那条鱼只有四寸长，不太大也不太小，主要是白白的肚子看上去银亮亮的，很诱人。我扑了几次，浑身弄得没有一点干净的地方了，那条鱼还是那条鱼。我又气又恨地住了手。

雨后来终于停了。可是地上的水却越来越多。看来水真的是从南边涌来的。父亲不停地从屋里往外淘水，屋里露出了泥土。我突然想起要到远处那个小村看看去，看看那里大雨之后是个什么样子。我瞅着家里人没有注意的工夫溜了出来。

我的膝盖之下一直泡在水中。地上的茅草只露着梢头。我老想再看到一条鱼，可总也没有看到。

那个小村里一片喧闹，像吵架一样。我还没有走近，就已经看到村上的人在乱哄哄地奔走，有的站在村边高坡上。

小村里每一户都进了水，有的墙基不是石头做成的，随时都有可能被水泡塌，那些户主正拼命地淘水、沿墙基垒土坎。猪和鸡都赶到外面来了，特别是猪，像狗一样系着脖绳拴在树上。

多么大的雨啊！庄稼全泡在水里了。因为庄稼地大片都在村南，那里地势低洼，所以最深的地方可达一人多深。红薯地里的水最深，像真正的海。高粱田只露着半截秸子。

到庄稼地就得会凫水。一大群娃娃嚷叫着跳到水深处，又被大人吆喝上来。

太阳出来了，到处都耀眼地亮。天热烘烘的，水的气味越来越大了，那是一种很好闻的味道。父亲在雨停之后的第二天逮了一条白色的大鲢鱼，要放进锅里还要切成两段。“这么大的鱼是怎么游到咱这地方的呀！多怪的事呀！”妈妈一边弄鱼一边惊叹。

有人来约父亲到那个小村里干活，还要扛着门板。我也跟上父亲去了。

原来已经有不少人扶着门板站在那儿了。人齐了，有人喊一声，就划着门板像小船一样驶进庄稼地了。我们这些孩子只能站在田边上看。干活的人不时扎一个猛子，返身出水时手里就攥紧一个红薯。

红薯还没有长大，不过已经可以吃了。如果不及时地捞上来，那么很快就会被水泡烂；就是不烂，也不能吃了。

我眼看着父亲扎猛子，觉得他扎得最好看。他的两条腿倒着一拨动，就沉入了水中。他会不会把水喝进肚里呀？因为我看见他每次探出头来，都要吐出一大口水。

我们家里分了一小堆红薯。接下去天天蒸红薯——

奇怪的是这些红薯煮不软了。它太难以下咽了。父亲命令我们吃下去，不准嚼了又吐。吃饭成了一件困难的事。

地上的水在慢慢渗下去，渗得很慢。不过鱼越来越多了，大多是几寸长的小鱼。它们像是一夜之间从地下钻上来的，几乎每个水洼和沟渠里都有。那些有心眼的人早就动手捉鱼了，他们专逮那些二三尺长的大鱼。

父亲也领我们到沟渠里捉鱼。他手里提一把铁锹，说只要鱼出现了，他就用铁锹砍它。真的有几条鱼从父亲跟前跳过，不过都没有砍中。后来，一条鱼似乎被他砍中了，但摇摇晃晃又顺流冲下去了——这会儿正好有个捉鱼的在下游，他用一个篓子将它毫不费力地扣住了。“那是被我爸砍伤的！”我追过去说。那个人瞪大眼，狠狠地盯了我一眼。父亲过来，扯起我的手，往前走了。

天还没有黑，我们在水中站立了半天，不知砍过多少回鱼，都没有成功。

那些天，卖鱼的人抬一个大花笼子，在小村四周喊着。他们从哪儿、用什么办法逮到那么多的鱼？父亲和母亲羡慕地看着抬鱼的人，连连摇头。

后来我听到有人传说：一个人在一条水渠里逮了一百多条红色的大鱼。

水再也降不下去了。庄稼地里的水积成一大潭一大潭，就再也不动了。所有的喜欢水的小野物都闹腾起来，连水鸟也从远处飞来了。水中的小虫像箭一样飞射，它们忙得很。还有蜻蜓，简直多极了。

父亲一天到晚在林子里采蘑菇。潮湿的气候蘑菇最多，他捉不到鱼，却能采到蘑菇。他是干这个的好手。我们把采来的蘑菇晒干，又装成一袋一袋。有人买我们的蘑菇吗？有。可是父亲好像从来没有卖过。小村里的人来了，他就送他们一袋子。小村里的人也送我们玉米和花生，还有粽子。

我们的日子完全被大雨给泡馊了。如果不下雨，就完全不是这样了。几乎所有的水井都满得很，一弯腰就能舀上水来；几乎每一条渠里都有深水，有鱼。小村里的人结伴来约我，主要的事情就是捉鱼。父亲忙着跟人出去排涝，天天不沾家了。他们要把田里的水设法引到渠里去；而渠里的多余的水，再设法引到河里去；河里的水，当然是流到海里了。

那条芦青河比以往任何时候都宽。河里翻腾着浪花，水是黄浊的。到了河口那一段，简直像大海一样开阔，并且与大海通连在一起。

从下大雨到现在，有人说芦青河淹死了十个人，也有人说淹死了一百个人。被淹死的人有的是捉鱼的，有的是过河被浪头打昏了的，也有的是自己跳进去的。

大树林子永远是水淋淋的了。我发现从大雨来临之后，各种野物多出了一倍。地上爬满了青藤，蛇也多了。不知名的野花数也数不清。半夜里，有个尖溜溜的声音在离我们屋子不远处叫，怪吓人的。妈妈说那个野物林子里从前没有，也是大雨以后生出来的。

……秋天过后就是冬天，冬天要下大雪。

以前的下雪才是真正的下雪。天空沉着脸，一整天不吭一声。父亲说："坏了。"妈妈就赶紧往院子的一角收拾烧柴。天黑得也很快，我们就早早地睡觉了。父亲临睡前特意把一只铁锹放在门内。

一夜没有声息。早晨起来，觉得有什么不对劲儿，一开门，门外塞了一人多高的雪粉，成了一道雪墙。父亲就拿起早就准备好的铁锹掏起雪来。他掏了一个大洞子，我们就从大洞子往外钻，有趣极了。妈妈顺着挖到院角的洞子去抱柴草做早饭。

这满满一院子雪都是风旋进来的。不过院子以外的雪也有好几尺厚了！真是不可想象，一切都盖在大雪下了。

屋里好暖和。我们钻着雪洞进进出出，故意不把洞顶捣穿。父亲说如果不及时把铁锹放在门内，那就糟了，那要用手一点一点扒开雪墙，说不定全家都给闷在屋里，闷坏了。

大树林子里横着一座座旋起的雪岭。原来夜里曾经刮过很大的风——只是大雪渐渐封住了门窗，我们什么也听不见。

妈妈不让我到林子里去。她说陷到雪岭里就爬不上来了。这要等太阳出来，阳光把雪岭融化一层，夜里冻住那层硬壳才好。那时就是一座琉璃山了。

大雪化化冻冻，慢慢有些结实了。可是常常是一场大雪还没有化完，又接上了另一场雪。至于大树林子，它永远都是被大雪封住的，一直要等到暮春才露出热乎乎的泥土。

我们院里的雪洞渐渐破了顶，开了一个两尺见方的口子。一些小麻雀就从口子飞进来找东西吃，想逮住它们很容易。有的小鸟干脆就是掉进来的，它们给饿坏了。我们没有杀害一只小鸟。它们是我们的邻居。妈妈说它们的日子也怪苦的，一个冬天不知要饿死多少麻雀。它们在院里甚至都不怕人了。

父亲在晴朗的日子里闲不住。他要去林子边上那个小村铲雪，那是极有趣的一个工作：他们排成一队，沿着田边小路往前推进，用锹把路上的雪像切豆腐一样切成一方一方，然后铲起一方就扔到田里。这样，当雪化掉时，小麦就会饱饮一次。

我终于可以去林子里了。虽然大雪岭还一道一道横着，但我可以安全地爬上爬下。就是不小心踩透了冰壳，那也陷不深。

在冬天林子里有奇怪的东西等待着我。有些野果被冻住了，揪下来咬一口，又凉又甜。冰果的味道我一辈子也不会忘。我还吃过封在雪里的冻枣子，它们已经变成黑紫色，又软又甜。

这年冬天发生了一个不好的、吓人的事情。父亲有

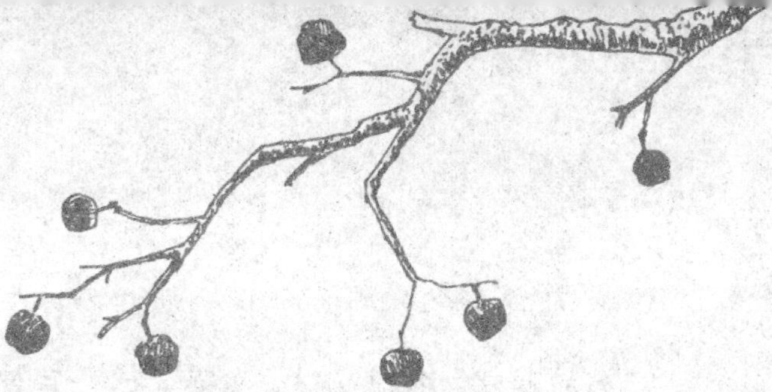

一天干活回来说，有一个人——小村上的老饲养员，给村上背料豆子，穿过田野的时候，掉在了机井里。那是被雪封住的三丈多深的井啊！

我和妈妈不停地哭。

那个老人是个最好的人。他曾经到我们家串过门，有一段时间还经常来。他给我讲了很多故事，让我永远不忘。那时他一进门就嚷：“有桃核吗？”妈妈说有，就弯下身子，到桌子、柜子下边找，用一根棍子往外掏。这些桃核都是我夏天秋天扔下的，现在风干在那里了。

妈妈一会儿工夫就收拾出一捧桃核来，老头子就笑眯眯地接过去，坐在地上，慢慢地用砖头砸着壳儿，一粒粒嚼着。我试了试，太苦了，赶紧就吐了。

老人能吃苦桃核，我们全家都觉得怪极了。父亲估计老人可能有一种病，说如果没病的人吃了这么多苦桃仁，非毒死不可。

父亲的估计很对。因为一年之后老人又来了，妈妈找桃核给他，他摆摆手说不要了。他再也不想吃了。问他为什么？他说有一天早晨觉得恶心，一张嘴吐出了一条奇怪的虫。从那儿以后就再也不想吃桃核了。

原来他不想吃苦桃仁，是因为那条虫。

我不记得那条虫怎样了——跑掉了吗？如果那样就太不应该了。那是一条很坏的虫。

老人不吃桃核了，于是也很少到我们家来了。

就是这样的一位老人，死得多么惨！可恨的雪天，你怎么偏偏跟这么好的一个老人过不去！我哭着，呜呜地哭。

小村上给老人送葬那天，我和父亲都去了。原来老人是个没家口的人，他一个人住在牲口棚里。村里的人说，老人最要好的不是村上的什么人，而是牲口棚里最西边拴的那头牛。我注意看了看那头牛，发现它长了一身黄中泛红的皮毛，那会儿眼角流着泪……

这个冬天很长，完全是大雪还没有化掉的缘故。妈妈说老天爷把冬天藏在雪堆里，一点一点往外发送。我跑到芦青河看过，发现河面上锃光瓦亮，像一大块烧蓝的铜板。开始我不敢走上去，后来一点一点走到了河心。

河冰是半透明的，我想看到河里冻住了的鱼。有一天我正在河上玩，遇到了来河里打鱼的人。我觉得很奇怪，不知道他们怎样干这件事——他们先把冰用铁钎子凿开一个大洞，然后就伸进一个捞斗往外掏着，结果一会儿就掏出鱼来。这在以后很长时间，我都感到不理解。

我还看到一只兔子从河坝的雪堆上跑下来，想穿过河去。它跑到河心时，前蹄一滑就跌了一跤。由于它是当着我的面跌倒的，所以我明显地感到了它有些不好意思，爬起来，很不体面地向对岸跑去。

如果河堤上的雪堆往河道里缓缓地流水，就说明春天的热劲儿要来了。这时候你蹲在河冰上听听吧，河水在冰下咕咕咕地流呢！不过两岸林中的大雪岭还要多久才能化掉？这是没有边的日子啊！

大雪化一层，就露了出一层细小的沙尘，这是风雪之夜里掺进去的。大雪岭子一道一道躺在村边路口上喘气儿，像海边上快死的大鲨鱼，又脏又腥，苍蝇围着打旋儿。我发现田里到处都开始发出绿芽了，小小的蜂蝶也开始嗡嗡转。可是冬天的雪还不肯离开我们。

树林子里的冷气蓄得好浓，人走进去，就像走进了冷窖。没有叶子的梢头挡不住太阳，热力把地上的雪化掉一点，夜间又冻结上了。一些去年秋天和冬天忘记摘下来的野果子，这会儿悄悄地发霉了。

我们家的院子里早就没有一点雪了。父亲把残留在院角和屋后的一点冰碴也清掉了。他不愿过冬天和春天相挨的这些日子。妈妈在一个春天快来的时候就满脸高兴，扳着手指算节气，说什么什么日子还有多远，多久以后是清明……我就是这个冬春发现了妈妈头上的白发，一根一根，有十几根，闪闪发亮！我喊了父亲来看，父亲真的走到妈妈跟前，背着手，很认真地看，还伸手抚弄了一下妈妈的头发。

“妈妈……”我叫了一声。

妈妈没有吭声，用手在我的后背上轻轻抚了一下。

“时光真快啊！转眼又是一年了……”妈妈像是对父亲说。

我知道这句话是什么意思。因为我们就是在一年的开春，踏着一个春天化雪的泥泞搬到这儿的。那时的事我已经不记得了，是妈妈告诉我的。她说那一年的雪化了很久很久，林子里背阴处的雪差不多一直留在那儿。

我是在这片林子里长大的。这儿的一切都是我的。我知道大林子里一切的奥秘，知道芦青河的所有故事。

小村里的孩子经常来变暖的林子里玩，我们就结伴在树上拴秋千、爬树挖鸟窝。我们特别喜欢把黑乎乎的雪岭掏开，从当中掏出白白的一尘不染的雪来吃。我们还将它们做成一个个窝窝头带回家去，当着大人的面张口就咬，让他们吓一跳。

河冰一块一块跌落到水流里。夜里，坐在岸上，可以听见咔啦啦的冰板的断裂声。春天真的要来了，可林子里的大雪真的一时还化不掉呢。

我们沿着河堤飞跑，一直向北，跑向了大海。大海被一个冬天折腾得黑乌乌的，白色的浪朵一层一层揭开，又慢慢覆盖在水面上。我们都惊讶地看到海岸上一堆一堆的雪和冰——这是海浪推拥上来的？还是冬天里积聚在海边上的？谁也搞不清楚。

有一条蛇在海滩的沙子上慢腾腾地游动。我们跟上它走了很远很远。后来，我们又看到了一只兔子，它飞似的不见了。再后来，我们又看到了一只刺猬。

我把刺猬拿回家的时候，父亲正坐在院里抽烟。他让我放下刺猬，然后看它在院里走。“多么美丽！”他看了一会儿说了一句。我不解地看看父亲——我不明白它美丽在哪里，也不明白父亲为什么会说这样的话。

妈妈也跑到院里来了。她不知怎么靠在了父亲身上，两人一块儿看着刺猬。“多么美丽！”父亲又说了一遍，一只手搭在妈妈的肩膀上。

“孩子，你是从哪里弄来的呀？”妈妈无比和蔼地问我。

我详细地讲了起来。

我讲完了，他们满意地笑着。我觉得这是很久以来没有过的愉快时刻。

我们玩了一会儿，妈妈说吃饭了，大家就跑进屋里。等我吃过了饭再出来找刺猬时，它已经不知钻到什么地方去了。

夜晚睡觉冷极了。“下雪不冷化雪冷”——这还是个化雪的季节啊！我夜里紧紧蒙住被子，抵挡着严寒。在这样的夜晚，你不会觉得这是春天，而只能认为是在严冬。

如果是个大风之夜，树林子鸣响起来就怪吓人的。我知道野物们在春夜里不会平静，它们要跳要蹦，在林子里闹着。树木的枝条互相碰撞不停，风在树尖上发出刺耳的叫声。这是春天吗？这是隆冬啊。我甚至想起了以前的冬天和春天，想起了以前大雪是怎样融化的。那时的雪好像化得比现在快，而且是悄悄的，不声不响的。

林子里的槐树抽出了长长的叶片。再有不久就该开槐花了。那时，整个大林子就要真的告别一个冬天了。

我心里焦急地等待着。

我等着槐花一齐开放，林子里到处是放蜂人的那样一个日子。我差不多天天往林子深处跑，一路上留意着。我总是将每一点新奇的发现告诉父亲和母亲。我发现槐叶下边已经生出了花骨朵，密密的，像粟子穗儿一样。今年春天的槐花一定比哪一年都密。

林子里还找得到雪的痕迹吗？没有了，到处都暖融融的。地上，是萌生的各种绿芽，是被太阳照得发烫的干草叶儿。

有一天，槐花终于一齐开放了。妈妈和爸爸领着我进了林子。我们每年的这时候都要采一些槐花，晒干了，留着食用。这是一种独特的美味，是全家人都爱吃的。

我们高兴极了，不停地采啊采啊！满海滩的小动物都在吵闹，它们也高兴极了。鸟儿叫得好欢，它们在远远近近的地方打闹，互相问讯。

当我跨过一条小沟的时候，突然在一个拐弯处发现了一堆黑乎乎湿漉漉的东西。我觉得奇怪，用脚踢了一下，发现了白白的雪！我叫了一声。

父亲和母亲都过来了。他们注视着隐蔽的雪堆，没有作声。

原来冬天还藏在这儿。

它一下子又提醒了我们，让我们想起那一场持续长久的大雪天来……

你的树

无论如何，你应该是一个大自然的歌者。它孕育了你，使你会歌唱会描述，你等于是它的一个器官，是能感受到大自然的无穷魅力和神秘的一支竹笛，一把有生命的琴。我想，作为一个热爱艺术的人，无论具有怎样的倾向和色彩，他的趣味又如何，都应该深深地热爱自然，感受自然，敏悟而多情——如果是这样的话，他才可能是一个为艺术而献身的人。事实上我们看到的很多从事艺术工作的人，并不具有这样的素质。他们对于世俗的得失出奇地敏锐，而对于自然、对于土地的变化却十分麻木。这就是我们的艺术衰落、让人失望的一个原因。当我如此审视的时候，常常觉得自己身上多了一点什么，又少了一点什么。如若不然，那就是另一些人太不合时宜、太脆弱和太牵挂了，对生活反而理解得太少——这种疑惑和矛盾促使我更深地孤单和寂寞，使我不愿意思考远离我的性情的事情，也不去琢磨其中的道理。我只是认为，一个伤感的诗人不好，但我们尚可取他的敏感。他的温和的关怀的意思，是不会错的。只可惜我们太生硬地拒绝关于诗的那一切了。这种拒绝使我们变得越来越麻木。

一个真正热爱艺术的人才会勤劳。他是一个劳动者，让他干什么，他都可以凭力气、凭汗水吃饭。反过来，如果是一个虚假的诗人，那么他就真的离不开他的“诗”了，离开这个，他就要贫困潦倒。原来他只是寄生在艺术这棵树上的人。他拥有自己的树，但那是用以寄生的。

而真正的艺术家本身就是那样的一棵树。他的生命就是那样的一棵树。他拥有自己的树，他与树早已把命脉系在了一起。

不论一个作家的笔在外部形态上怎样脱离了大自然，不论他怎样热衷于写闹市、写拥挤的街巷和刻板的机关，我们也还是能感到他对田野上那一排高大的杨树、对渠畔上那一溜整齐的灌木的眷恋。他的这种情感无法掩藏，也无法替代。他的文笔处处透着那样的气味和色泽，大自然的绿荫遮住了他的稿纸。他总是陷入了这样的一种情绪里，而且不能自拔。我们敢肯定他是一个描绘大自然的能手，他可以有漂亮的景物描写——他现在没有写，那是因为暂时还没有机会。他一旦获得了这种机会，就会使我们大开眼界，并且跟上他一块儿陶醉。他的无微不至的关怀，他的特殊的周到，差不多接近于一种女性的纤细和体贴。不错，艺术家有时对这个世界表现出的那股温存和留恋，的确也像女性。比如他们一旦用笔去描绘绿色的原野，那支笔就像刺绣的针，而写出来的文字也真的像刺绣了。

翻一翻同一位艺术家的其他作品，我们或许会发现，当他的笔真的以大自然为直接描写对象的时候，作者也就融化在其中，沉浸在其中了。他与大地一起呼吸，脉搏一起跳动。他笔下的一棵树、一株草，甚至是一粒沙子，都有了滚烫的生命。他满怀深情同时又是小心翼翼地对待它们，与之平等对话。绿色，生命的颜色，这时总是涂满了纸页。生机盎然的原野，奔腾跳跃的河流，一切都带着他的笑容和体温。这一切是那么熟悉，它引起我们无数的关于大自然的畅想，令我们回忆生活，回忆自己的童年。那时候我们与大自然的关系密切多了，那时的沙地、草木，总是我们紧密相依的朋友。我们与它们朝夕相处。

那为什么一个艺术家就能够一直与他的自然伙伴结

伴而行呢？为什么对大自然那么忠贞不渝？他没有匆忙的步履，没有恼人的琐事缠身吗？他为什么忘不掉那一份稚嫩、一份单纯，忘不掉透着晶莹的友谊和那份独特的情感？他大概具有一颗特别的心灵。

所以，他是艺术家。

他懂得钟情和怀念——那么生活中的人谁又不懂呢？每个人都有自己的友谊和情感世界，但艺术家的那一份却极为深重，远非常人所及。一个人降生下来之后，他首先认识的是自然社会和人类社会中各种各样的生命。他差不多认为这一切生命都是平等的。这是他的最初印象。后来，只有一小部分人在无形中一直被这个印象左右，并且不能解脱。一种特别温柔的东西浸染了他，使他永远留恋着什么。他记住了赤脚奔跑在原野上的感受，差不多等于记住了在母亲怀抱中的感受。那时他认为是极度安全、自由自在的。

这就决定了他的温和与明了事理。他在生活中不会那么生硬和冰冷。在理解事物方面，由于他更多地从被理解的对象身上出发去考虑问题，所以就能够寻觅和洞彻更曲折的道理，能够进一步地体贴和安慰外物。这样，他首先是把握事物，其次才是描叙事物。他比任何人都更能消化和感悟，容易抓住客观世界的律动和品性，所以他往往能从别人意想不到的角度和方面去做出阐释。这样，也就有了思想和境界，有了情趣也有了诗。

我们发现作家大致有两种：一种是柔和宽厚的，对大自然满怀深情；而另一种正好是冷漠的，对大自然无动于衷。前一种才是我们要讨论的人。他们是理想的人。而后一种，文学和艺术对于他们只有职业上的意义，他们不会把灵魂注入纸页和文章。你看不到他的令人激动的、关于大自然的描述——因为他就从来没有关心过它。他关注的只是眼前的世俗利益，或者一直被这些利益所牵动。他心中没有与切近的利益相去较远的那些情愫。他为什么要牵挂田野上、河边上的那一棵树呢？它长得浓绿又挺拔，它是一棵不错的树，可是它与自己又有什么关系呢？

而我们说，它应该是你的树。它生长在你的身旁，你的心中，与你血脉相连，根须相接。它是一棵向上的生命，是你的投影或者你的另一种表现形式，总之它与你不可分离。不是吗？它就该是这样的一棵树。风来了，它在风中抖动，愉快还是不安？雨来了，这雨水只是使它洁净还是有些冷，让它频频颤抖？它的脉管里流动着的，是另一种颜色的血液吗？它的兄弟和母亲在哪里，它有自己的家族吗？它长得多么旺盛，真像一个好的男孩或小伙子，或者是一个明丽照人的姑娘。对了，它也可以比作一匹浑身闪亮的骏马。

它就是这样的一棵树。可惜这不是所有人都能感受到的。它不能在一个人的心中溶解，那么这个人绝对不会占有这棵树。你为了辨别自己吗？那你完全可以去寻找那样的一棵树——当你把它溶进自己心灵的那天，你也就明白了自己。你真的在为它而激动，你甚至听到了它在微笑或者哭泣，那么你也就明白了自己。你真的深深地爱着那棵树，那么你也就算明白了你自己。

我认识一个人。他那时候三十多岁了，可是他回忆起一棵树，差不多要哭出来。那棵树就长在离他家一里多远的地方，正好在一条小路的拐弯处。他们家的人都喜欢这棵树，它是棵柳树。它长得并不好，不够高大也不够直。可是它长在离水渠不远处，水分充足，极其茂盛。他从小就看见它，就是说他出生时，这棵树早就长在那儿了。父亲领他出去时，有时就说:“我们走走，到柳树那儿。”后来他长大了，家里人与他抬东西，就说:“我们抬到柳树底下歇一歇。”……柳树成了一个特别的标记。有人打听他家的住处，他就介绍那条小路，然后是一棵什么样子的柳树，然后是他的家。那棵树与他的整个童年和少年时期都密不可分，他曾经无数次地爬到柳树上玩耍，眺望原野。就是这样的一棵树。有一年，附近的一个村子要盖猪圈，响应“大养其猪”的号召，没有木材，就来伐这棵柳树——那天全家人都立在门口看着，他们当中有人哭了。他哭得最厉害。因为这是他自己的树——他不知从什么时候起这样认定了，而且一辈子再没变过。

那棵树长在集体的土地上，他和他一家人都不能从法律的意义上拥有那棵树。当然了，他去阻拦、劝解人家别动那棵树，结果只能让人费解和嘲笑。不过他的确拥有了一棵永恒的树。

我想这就是类似艺术家的那种情感，可也是作为一个人最正常的情感。本来嘛，那样的一棵树被粗暴地砍掉，一个人的心中如果留不下一丝疤痕，难道不是很不正常吗？一个人在他幼小的时候倒往往是十分正常的，只是到了后来要为生活疲于奔命，慢慢也就走向了畸形。

一直维护在人身上最正常的东西，原来就是艺术家的使命。他唯恐丢掉的，就是这一切。那些一般人认为的所有不可理解、不得当的种种现象，在有些人看来倒是自然而然的。他们富于想象，容易冲动，直率而又恳切，反对或拥护一种事物往往都不加掩饰，有时也难免偏激。这正是较少受到扭曲的一个生命的真实特征。他们愿意与周围的一切达成谅解，善于理解也善于同情。作为一个人来说，你不觉得这样才更真实吗？

有人从来就没有关心过大自然。那棵树与他没有任何联系。但他的冷漠不仅仅是对于原野、对于土地，而是对于一切的事物。可怕的是这样的人从事了艺术。所以有些文章让我们感受不到温情和色泽，感受不到一丝安慰。我们阅读这样的文章，只会增添不必要的疑虑和猜测，兴味索然。我们体会不到一个人对于母亲——土地的那种特殊的情感。这种情感真的存在，那么即使他写域外，写星空和海洋，甚至写战争，字里行间都会有那份沉甸甸的东西在，它的神秘的力量会使我们的心灵一次次颤抖。

只有土地才从根本上决定了我们的性质，并且会一直左右我们。我们应该懂得从土地上寻找安慰、寻找智慧和灵感。我这不是一种虚指，而是要说到真实的泥土上去，到大自然中去。当你烦躁不安的时候，你会想起田野和丛林。无数的草和花、树木、不知名的小动物，都会与你无言地交流，给你宽慰。你极目远眺，看到地平线，看到星空，都会有一种说不出的感觉滋生出来。这种感动和悟想是有意义的。它让你从惯常的生活经验中挣脱出来，得以喘息和休憩。你是否有过这样的经历——躺在丛林草地上，或者绿树掩映下的一片洁白的沙子上，静静地倾听着什么？身边好像什么异样的东西也没有出现，又好像一切都经历了，通晓了。原野的声音正以奇怪的方式渗透到我们心灵深处，细碎而又柔和，又无比悠长，漫漫地，徐徐地，笼罩了包容了一切……这个时刻你才觉得自己不是多余的，你与周围的世界连成了一体、一块，是渺小的一部分，是一棵大树上的小小枝杈，是一条大河上的一涓细流。你与大自然的深长呼吸在慢慢接通，你觉得母亲在微笑，无数的兄弟姐妹都在身旁。连小鸟的啼叫、小草的细语，也都变得这么可亲可爱。你这时候才是真正无私无畏，才是真正宽容的一个人！

每人都或多或少、或明或暗地感受过那样的境界。但对于大多数人，它都只是一瞬间，是一个小小的阶段。它不可以长长地挽留，它很容易就退到了遥远的地方。而有一种人的不同之处，就是能够把自己经常地置于那种环境之下，唤回那样的感觉。这对他来说是完全自觉的。他们不顾一切地到原野上去，去寻找他们自己的树。这种精神也不断地渗透到日常的生活中，使人与人之间的关系变得情同手足。

从艺术的角度讲，我们就可以寄期望于他了。他会写出另一种文字。他的善良会沟通其他的心灵，他不会伤害无辜的人，包括他们的自尊。要知道一个人伤害另一个人那是太容易了，往往是在不经意间就损坏了一种至为宝贵的东西。理解这些，一个人才会善解人意、通情达理，才会懂得处世的艰难与快乐。柔细的心肠不仅仅属于女性，它还应该包括那些正常的人，那些善于自省的人，那些热恋大自然的人，那些真正具有艺术气质的人，那些富于创造力的人。你会从这样的人身上，轻而易举地发现他究竟在关怀什么，发现他的忧虑和不安。他愿意为保护一种原则而付出一切，绝不吝惜。他对于大自然的情感，真正像对待母亲一样。

无论是多么狂妄的人，大自然都可以让他变得驯服——如果想这样做的话。无知的狂暴的人怎样欺凌大自然，我们都有目共睹。一棵挺好的树，他不知出于什么目的，偏偏要折磨它，在它的身上折去枝条、划上深痕，使它一滴滴流下血来。最后，他还要把这棵无辜的树杀掉。那棵树默默无声，忍受了牺牲。可是树木真的没有力量吗？我们知道，一棵树木好像如此，但也不完全是如此。我听说，有一个倔强一生的壮汉，走遍了天下，创下了无数业绩，征服了无数异性，最后却死得奇特。他有一天躺在一棵大树下面休憩，睡着了，大树树冠折下了一根碗口粗的大枝丫，一下子把他砸死了。还有，像一片无边的丛林，可以把最精锐的一队骑兵困住，让他们左冲右突，直到筋疲力尽倒地死亡。丛林是树木手拉手形成的，是从一棵树开始的。它们在风中呼号鸣叫，威势比得上千军万马——如果在这样的夜晚，你到了丛林里，不感到恐惧吗？在大雨之夜，雷电闪闪的时候，你可以借着电光看见树木怎样通身锃亮，枝条怎样舞动，那你又有什么感觉？而在无风无雨的晴朗夜晚，你如果来到了丛林里，又会觉得四处黑森森，树林变得浑然苍茫，很神秘很幽静，很让人遐想。

如果是一排树呢？它们像什么？一队士兵？一溜英俊的男子或洒脱的少女？它们生在荒野上、庄稼地里、渠畔上，我相信给人的感觉都会不同。树木，它们就是这样平常，又是这样奇异。它们给人无数的灵感，无数的想象，它们既是我们描叙的对象，又是我们汲取力量的源头，它们有生命，它们与人类永远相伴在一起。

很多刚刚开始文学创作的人不知道怎样才能有好的景物描写，但他们很注意训练。渐渐地，他们发现这十分容易，十分顺手。他们写写云彩，写写太阳，再写写树木和鸟。好像这就可以了。有时看上去，这些描写都是很正规、很像那么回事似的。可是谁也不会被它击中，不会有其他的什么感觉。因为这是机械的、没有活力的，是一种习惯性的组合——这种组合方式已经沿用了几十年。我看到不少的书就是这样组合的。它们又是行之有效的，那就是使一部书不至于变得太干瘪和枯燥，也可以让人舒一口气——可是人们读到这样的地方，都明白那是怎么一回事，都要飞快地掠过去，以免浪费时间。

原因是什么？原因就是他还没有沉浸到其中。还没有那样的敏感和柔和，没有成为自然的一个歌者。因而他就不会歌唱自然，他的眼睛一旦转到大自然身上，也变得茫然无定。那种关怀的、贴近的、柔柔的东西，还没有驻在他的心间。

有人也可能说，艺术是多方面的，具有不同的品位和风格。但我认为，任何风格的艺术，首先还要是艺术。就是说，所有品格的艺术品，都是从一颗艺术家的心灵上滋生长大的，而不是从其他的心灵成长的。我们也可以来剖析另一种意味的作品。这一类作品写得特别刚烈，充满了义愤，那是战斗气息很浓的东西。它的作者就一定是粗犷勇武、对生活的细微部分缺少敏悟的人吗？如果具体考察起来，你会发现事实上恰恰相反。一部真正的艺术品，无论具有怎样的外部色彩，它在本质上都有共通的东西，那就是一种挚爱和真诚。试想他的愤怒和战斗离开了爱的精神，有可能打动读者吗？有可能成功吗？真正的勇敢总是来自一腔挚爱，来自保护一种美好和善良的纯洁心地。

也有一些作品是离开了这一切的。那么它就没有体温，冰冷得让人难以接近。那样的文章无论具有怎样完美的外部形态，也还是没有生命。因为它没有灵魂。它没有在泥土上扎下根脉，大地没有教给它呼吸。它是出自人手的伪制，等于一棵假的花树，没有芬芳也没有汁水。

我每一次走进原野都觉得自己接近了艺术。相反，有时动手写作和阅读的时候，反而觉得离开了艺术。这个精灵到底在哪里？它让我们到哪里去寻踪、去追逐？我的这个感觉有时十分强烈。常常是满怀失望地从案头上抬起身子，然后苦闷地走出——原野上活生生的一切在向我招手，我走进它们中间。在一望无际的海滩平原上，在一片片的稼禾和丛林中间，我总是感到了令人极为激动的东西。它温厚、无私、博爱，它宽宥了人们的所有行为。在这里，我常常待上很久。我可以在这个时刻里回忆很多往事，总结我的生活。这时我开始变得宁静，很清澈，也很能容忍。我对以往的不成熟的一切感到惭愧，我唯一欣慰的是我在勤奋地、诚实地劳动，我在不知疲倦地寻找。满地的花和草都欣欣向荣，小动物不停地奔跑，原野上不知有多少生灵在活跃着，劳碌着，它们有自己的美丽游戏。我觉得我在这一刻里离艺术的精灵这么贴近，它似乎近在一步之遥。

一棵棵茂盛的夜合欢树开满了深红色的小花，在蓝天碧海的衬托下，像点亮了一盏盏小红蜡烛。我躺在大树下，闻着浓烈的香味儿，从未有过地激动。它们在与我无声地交谈，深情地交流。那一段逝去的岁月里，它们一直伫立在这个平原上，目睹了阴暗云晦，在雷雨里洗涤，在烈日下沐浴，在闪电里摇动和振作。而我们这些在树底记下了童年的人，却因为生活的变迁远去他乡，在人生之路上匆匆奔波，双脚已经裂口，胡须已经变硬，而且已经不能像当年那样，在它的身上攀上攀下了。我在回忆我的童年和少年，回忆怎样渐渐地热爱了艺术。

我发现我首先学着描摹大自然。我描述了大海和平原，以及平原上的一切植物。色彩斑斓的花让我不知怎样动笔，各种各样的大树也使我用尽了词汇。我深深地迷恋着这片原野，迷恋着原野上的一切。我觉得自己真的离不开它，即使偶有脱离，也是深深的思念和盼望。我发现大自然教会了我热爱艺术，而艺术与大自然又如此密不可分。这就是我的总结，这就是我不可改变的思路。

我羡慕那样描写自然景色：半点也没有让人感到游离和偏移，没有作为一种点缀。它与写到的人物一样，都有活脱脱的生命。作者在用笔与它们交谈，向它们发出心底的问候。他那时觉得笔下的人物与之紧密地交织在一起，连成了一体，永不分离。

我那么喜欢那些自然的歌者。我也希望别人像我一样喜爱他们。他们是我推崇的艺术家。比如普鲁斯特和托尔斯泰，再比如屠格涅夫、后来的普里什文和巴乌斯托夫斯基，直到当代的苏联作家阿斯塔菲耶夫……我可以举出一连串的名单。他们写下了多么好的文章。每一株树都能牵动他们的情思，他们在为每一株树歌吟或哭泣。世上的所有悲哀，他们都以自己的方式、自己的语言告诉了地上的树。树木与人一样在大地上伫立，经受着自然的风雨。有的树活了几百年，目睹了人世沧桑。屠格涅夫曾嘲笑一个枯槁的伯爵，那人指着一棵活了上百年的大树说它是“他的树”。是的，一个腐败的老人怎么能拥有这样的一棵树呢？

哪怕一个人亲手栽种了一棵树，这棵树也有可能最终不属于他。他离开了一种平等的、真切的情感，它也就可以背弃他，成为自由自在的一棵树。它长得寂寞了，就有自己的交往和情谊。但愿我们能与它结识，与它在一起。无数的树总是在各种各样的情形下生出和长大的，并没有太多的树让我们一开始就认识。我们走到丛林里，发现所有的树都是陌生的，又都是熟悉的，它们都那么和蔼可亲。很少有一株树会是邪恶的，很少有一株树会丧尽天良。它们不去欺辱别人，在别人的欺辱下又往往默默忍受。只要不是把它们连根刨掉，只要有一根细须留在土里，它们就有可能重新生长——很缓慢很缓慢地长起来，加入丛林生活。

我常常琢磨这样的树。我记得小时候曾亲手栽下很多的树。后来我离开了，它们有的成长起来，有的又被人砍伐。它们落脚的泥土几经改变，已经不能立足了。可还是有些幸存者，它们活着。我走近它们需要跋涉上千里路，每一次见面都想：它们竟然是由一个没有什么能力的不成熟的少年亲手栽下的，而今长得又粗又大，很威风的样子，这是多么不可思议的事情！我想如果我当年栽下了更多的树，那我该有多么幸福！有意思的是那些树都是我自觉自愿地栽下的——我发现把小树苗或一截枝条埋到土里，它就会吐芽成长，慢慢长大，这是多么吸引人、多么有意义的事情！后来我和别人一样长大了，反而没有那样的植树的热情了，反而要被动地做那样的事情了，比如在植树节里劳动，等等。这就是生命的蜕化和改变，是生命激情的一次消逝。

在很多握笔的人那里，主要是热衷于研究引向成功的技法等等问题，而不是其他。我想这都是必要的，是谁也不能舍弃的。但是这样坚持下去或许又会发现，我们一方面在读书，却又忽略了土地这本大书。一种书需要眼睛去读，而另一种书需要心。你的心灵需要它的滋养，一旦经过了这个阶段，你才算成长起来。对此迷恋不已的一个作者，总是最好的作者。我们祈求灵性——灵性总是蕴藏在山水之间。技法是重要的，可伟大的技法、百发百中的技法正蕴藏在大自然里。

坚持到野外去生活、去感觉、去修养自己的性情，至关重要。在这个海滨城市里，我看到了很美的自然风光，这里有海，有山，有满城满郊的黄花，这里空气清爽干净。这里一定会有自己的歌者。可是如果忽略了这片土地，不去亲近它，一定会耽误很多的人。你生在这里，你会深深地爱上这里。我们过去一直讲乡土的爱，讲得多了，反而听不懂。没有多少在乎这句话的人，弄到最后人的情感很空泛，很漂浮，没有了扎实的东西。故乡的泥土不会使我们流泪——如果我们不是故意流泪的话。渐渐地我们离那种情绪越来越远了，都成了一种没有故乡的人。可是一个好的流浪汉在返回故乡的时候也会激动，哭得双肩抖动。怎么回事？是什么使我们丢掉了最宝贵的东西？我们怎么变得这样空虚和不可捉摸？

设法在出生地寻找丢失了的那种东西，这比什么都重要。认真地想一想这片土地，它独特的性格。它真的不会让自己的儿女激动了？我们就真的成为一个冷漠的人了？大概不是。这种麻木和冷漠只是奇怪的传统，是一种习惯，而不是你自己的真实的性格和品质。你还会面对土地激动起来，一定会。你如果做不到这一点，就不会顺利和成功，一定是这样。任何知识、技巧，都不能替代人对大地的深长的情感，不能替代你对大自然的永不改变的温柔。你必须怀着这样的情绪走下去。你的爱和恨，无论什么意绪和倾向，都要以此作为理由。这是不可改变的，是规律而不仅仅是一种要求。

如果我们一开始就用真诚的笔触去刻画自己的土地，写什么东西都是使用这样的一份情、一支笔，那么写出的事物就会改变。一切都渐渐出现在你的笔下，你开始写一个更广大的社会。可贵的是这样做的同时，你把土地与人联结起来了，你抓到了问题的核心，不自觉地将土地作为了一切问题、一切变故的根据。

这就是我所理解的一种深刻。一个初学写作者往往被斥为不深刻，可一个作者到底到哪儿去寻找人们所要求的深刻呢？我所见到的所谓深刻，有时不过是一种巧妙的趋时的辩解和嘲讽，并没有什么深入的独特的见解。他们没有试图去抓住问题的要害。一些时事性的东西被他们咬住不放，或叹息或解剖，可是问题的根源并没有触及。我倒觉得再也没有比一个依恋大地的人更容易走向深刻的了。这样的人好像很脆弱，实际上无比坚强。他能够正视生活，正视艰险，不会惊慌失措地去应付什么。

这就是我——一个艺术学徒对艺术和艺术家的理解。我认为有一类人既是天生的，又更可能是后天造就的。关键是他要一直正常，一直不去脱离土地。他如果能做到这一点，他就在本质上是一个艺术家，而不管是否从事了艺术的工作。如果一个人在根本气质上离这一切很远，就不能算艺术家。因为他们寄生在艺术之树上，而不是用心血浇灌了培育了这样的一棵树。

愿你真的拥有你自己的树。愿你一开始，就能与另一些人有所区别。

它们——万松浦的动物们

因为有它们和我们在一起，我们才不寂寞。可是许多时候我们并不在意它们，甚至完全忘记了它们。于是我们现在有必要一笔笔记下来，虽然这也是挂一漏万的事情。有些很小的“它们”，这儿也只好忽略了。这一次像是林中点名，当我一个个呼唤它们时，苍莽之中真的有谁发出了声声应对，在回答我呢？

刺　猬

在万松浦，一说起刺猬都会心情舒畅。因为这种动物憨态可掬，不仅对人友善，对周围的一切也都无害而有益。而且这里的刺猬非同一般的洁净，毛刺上简直没有一丝污痕。它们默默无声，待在自己的角落。如果接触多了会发现它们像人一样，是那样的有个性。有的毛手毛脚不稳重；有的十分沉着；有的自来熟，见了人一点都不陌生，一直走到跟前寻吃的；有的一见人就球起来，或者慌慌逃离。

有一天一只刺猬走过来，大家不由得围上去。都说它非常羞涩，而且面容姣好。我仔细看了看，发现它长得果然好看。最后，我们给它留了照片才放行。

小时候常听到一些刺猬的故事。比如说别看它们笨手笨脚的，其实也有许多异能：会像老人一样咳嗽，还会唱歌——它们的歌声怪异，掺在风中，往往是一只领唱，其余的一齐跟随。那是使人幸福的歌，能听到它们歌唱的，就会有一些喜事发生，比如找一个上好的媳妇。于是许多少年和青年真的在林中寻觅刺猬的歌唱了，有时难免就把风吹林木的声音当成了它们的歌。

黄　鼬

它的名声不好，但是面容美丽。一个被半岛人误解了的精灵，孤独而痛苦。我们很少有机会与之面对面地注视，因为它们机敏无比，见人就跑，个个心怀恐惧。可能在它们那儿，装在心中的不幸记忆太多；关于人类残暴无情的故事，大概整个黄鼬家族内部都一直在祖辈流传。

远远地见它们一跃而过的情形不少。但面对面的、极近的注视只有一次。那是小时候在林子里，我当时正走在一片藤蔓地里，忽然觉得脚下有什么在乱动：原来有只小动物被藤蔓罩住了，它竟然一时不能脱身。我想这大概是一只鸟，或者一只小猫之类，于是就按住乱动的藤蔓寻找起来。它在下面钻动不止，左蹿右跳，突然从藤蔓的空隙中探出一张圆圆的小脸庞：那双水灵灵的大眼睛直盯着我看，惊慌之极。我的手一抖，它飞快钻进了藤蔓深处。

后来我才知道它就是大名鼎鼎的黄鼬。

有人得知了那个经历就说：幸亏你放了它，不然的话，它的家里人会缠住你的。我虽于心不甘，但还是有些庆幸。真的，关于它们有神力的传说到处都是。比如，它们喜欢让一些女性模仿它们的动作，舞之蹈之并说出一些怪异的事情。由于这种事频频发生，所以几乎没有谁再怀疑它的能力。有一次在书院议论起这些事，一个人表示了不解，并认为是不可能的。另一个客人马上就说：“这有什么不可能的？世界太大了，万事万物我们才知道多少？要知道对于任何问题，各种生命都是从自己理解的范围内做出推理的——人从自己的角度看，总以为是自己管理和指挥了整个世界；而动物也会那样认为——比如黄鼬，就不知深浅地调弄起人类来了。”

他的话一时没人反驳。

就在那次议论不久，一天黄昏，我看到一只黄鼬从不远处走来。当它走过离我不远的地方时，突然想起了什么似的，回过头伏下了，两手一抄就端详起我来。它那会儿看得非常专注，而且一脸的好奇。它分明是在研究对面的人，一点也不害怕。我与之对视，想让它自己厌烦。但最后还是我挥了挥手，它才走开。

可见这里的黄鼬还没有受到伤害的经历，它们对人只有好奇而没有惧怕。

鼹　鼠

这种神奇的小动物让人叹为观止。它们是林间草地上为数众多的居民，却又轻易不露面容。看它们一眼多不容易啊。它们不像一般的“鼠”类那样令人讨厌，而像是超越了一般的鼠而多少变得可以观赏了。因为它们有特技，有上好的皮毛和十分滑稽的形体。看上去它们是何等的笨拙，浑身圆滚滚的，可一旦进入地下却又是何等的灵巧。一个掘进能手，一个真正的开拓型人士。我曾亲眼看过它在地下怎样突进：眼瞅着拱起一道凸起，这凸起层层推进，让地表开放着蘑菇出生前那样的花纹，竟然一直蜿蜒向前。如果这时跺跺脚做出一点声音，它会更加奋力开掘——一会儿凸起隐去了，可能地道在往下延伸。

我们无法想象一个小动物一边使用双手开掘，一边却又飞快向前是一种什么情形。因为这必是一种艰苦的劳动，这种劳动与飞速行走相结合简直有点不可思议。在万松浦一带，地上到处都可以看到这种花纹，它们弯弯曲曲，纵横交错。你可以想象这儿的地下通道是多么发达，它的创造者会有多么自豪。我想真正高明的地道不是人类创造的，而是鼹鼠。

有一次一个人正持锨翻地，突然就有一只鼹鼠从不远处开掘而来。于是他不动声色地等候，待那凸起和绽放的花纹延伸到跟前时，就猛地从旁一锨掘下去——他想把它翻出来看一看。谁知这小动物远超过他的机灵，就在那铁锨刚插下去的一瞬，它竟然突然改道而去，并且在地下来了个大转折——就像空中战机做了一个特技表演似的，一系列高难度动作就在几秒钟之内全部完成。当然那个人是失败了。他当时不服气，下狠力挖了一个很大的坑，嘴里咕哝着："我就不信，我就不信！"

结果除了弄得浑身泥汗，其余一无所获。

我看到鼹鼠是因为碰巧。有一次一个孩子不知如何搞来一只。喜欢得不得了，装在一个带盖的小篮里提着，炫耀却不示人。我提出想看一下，他乜斜一眼，嘴动了动，并不开篮。这使我马上想起商品经济时代的普遍规律——这孩子如果提出“看一眼一块钱”的话，我是不会吃惊的。还好，最后他勉强同意了。

就这样，我有机会看到了它：一身最上等的皮衣，灰蓝闪亮，显然是一件最好的袍子。它的一对小翻爪就小心地蜷在身侧，像透明塑料做成的一样。

红 脚 隼

这种鹰个头不大，可是胆子不小。我不止一次看到它俯冲下来，然后超低空飞行，甚至钻进窄窄的墙道里逮小鸡。不过这是在城郊，在万松浦它完全用不着那样，因为这儿的食物很多，它们可以安安逸逸肥肥胖胖。

一开始我在林子里把它们当成了野鸽子，因为初看颜色颇像鸽子。后来见它从高处直冲下来的英姿，终于知道这是一种猛禽。它的数量很多，从林中走一趟起码可以看到十几只。一般来说它的食物是昆虫，可是当野性发作起来时，它就会毫不犹豫地攻击小鸟。

红脚隼也像鸽子一样成群，它们在一起时显得很顺从的样子。不过到底不是温和之辈，一转眼瞥见了人，立刻惊悚一振。它们是一些无所不在的狩猎者，每逢看到它们极为迅捷地扑在地上的样子，就会想起一个词儿：全力以赴。

野 鸽 子

它们的叫声让人回忆童年。那种咕咕噜噜的声音令人想起一片密不见人的丛林，想起远处像乌云一样茂密的乔木，想起一些关于迷途忘返和饥饿之类的经历。咕咕咕，嘟嘟嘟，像儿童们猛力拉扯一种发音陀螺时的声响，还像从极近的地方听一个老汉大口吸水烟的声音。这种音色是极难形容的，以至于要想起那句老话：任何比喻都是蹩脚的。

我的印象中，只有旷野里，只有深密的林子里才有像样的野鸽子在叫。或者也可以说，没有野鸽子啼叫的林子是不像样子的。在它们此起彼伏的叫声里，会有一种返回大自然的得意萦绕心头。

它们的呼唤充满了某种野地的气味。这种气味有些刺鼻的辛辣，还有一些奇怪的诱惑力——它诱惑着林中人向深处走去，再走去，一直走到迷路。

海　鸥

这里的鸥鸟当然是很多了。它们待在海边，可是近海松林也是它们的另一片玩耍之地、安歇之地和生产之地。这里主要有银鸥和燕鸥。从书院往西十华里左右的屺峭岛上有大量的风蚀崖洞，那里才是海鸥最好的栖息地。我们每次从风蚀崖下绕过，都会惊起许多海鸥。大概由于万松浦一带没有岩壁可以做巢的缘故，所以鸥鸟不得已也要光顾一下密林。这就难为了它带蹼的爪子。

在海边徘徊，没有什么比观看群鸥再好的事情了。望着它们搏浪嬉戏，健美地翱翔，倾听一声声难以模拟的、不无撒娇之气的鸣叫，你会觉得海边的生活真是神奇多趣。这里的生活就像这里的空气一样清新。海鸥双翅的形状以及它们的滑翔之态，可以让人认识到什么才是世界上最完美的飞行。

万松浦的鸥鸟数量极不稳定：有时多得如同白云落

地，银片翩飞，它们在浪缘上踟蹰一会儿飞旋一会儿，起起落落令人惊叹。有时又三三两两，不知所向何方。这些海鸥有时可以让人离它们很近，于是就可以仔细地端量，看清它们真正的模样——你会惊叹其体积比原来想象的要大得多，而且竟然如此肥胖健硕：无一丝污气的白羽，高高挺立的胸脯，润滑流畅的双翅，一切都是那么完美。

如果一片海岸上没有了鸥鸟，那么这里的韵致大约就要损失许多，在这里，春天是银鸥最多的时候。

斑　鸠

我们过去的课本上有这样一句："大斑鸠，叫咕咕，我家来了个好姑姑。"从此它和姑姑温厚的形象连在了一起。可是那时我们并不知道斑鸠的样子。其实我们从很早就逮了斑鸠来养，只是不知道，一直叫它为"山鸡”，以为是从南部山区飞来的一种小野鸡。春天和秋天是两个捕斑鸠的好季节，记得春天捕的是棕色的，而初秋捕的是带绿色条纹的，而且更肥。比起麻雀来，斑鸠显得大大咧咧多了，它们很容易就可以被我们逮到。

童年是与动物为伴，特别是与鸟儿为伴的时期。身边有一只大鸟并且能够听候调遣，那会是一种多么大的光荣。我亲眼见过有的人——一般都是比我们大一些的人，养熟了一只麻雀甚至是一只喜鹊：一挥手它们就飞去，一招手它们就返回，而且从落在肩膀上手臂上的样子看，真是亲如一家。为了馋我们，拥有这些鸟的人故意与它们做出一些格外亲昵的样子，比如和它们贴贴脸、吻一下它们尖尖的小嘴等等。这是多么让人嫉妒的事情啊，这种嫉妒的感受是长久不能忘怀的。

可是不记得有人与斑鸠结成了那样的关系。斑鸠随和，然而并不与人过分亲近。它们在笼子里时当然是一副被囚的样子。然而我们总是在最后时刻把它们放掉，还它们以自由——就像我们对待其他可爱的鸟儿一样。有人会因为这个而夸我们善良，这才是最重要的。记忆中我们曾把自己心爱的鸟活活养死了，结果换来的是不可承受的痛苦。

万松浦的斑鸠太多了，但现在已经没人想到要逮来饲养了。它们是我们童年时期与之打交道最多的鸟儿之一。

草　兔

每次走进林中都要遇到草兔，一年四季莫不如此。看着它们的两只长耳摇动而去，疾飞如箭，觉得林子里真是生气勃勃。在万松浦所有奔驰的动物中，一般都认为数量最多的就是草兔。它是所有动物中胆子最小的，可能也是最善良的。如果就近看一下它可爱的模样，特别是它幼小时候的小脸，就会从心里疼爱起来。

有一天剪草机从书院的三棵大水杉树下惊出了六只拳头大小的野兔，于是给我们带来了诸多的喜悦和麻烦。没有办法，它们的双亲惊跑了，它们还在吃奶，也只能由我们收养起来。可是这六个小东西如此美丽又如此胆怯，在人的手掌中只是颤抖。我们为它们买了奶瓶，可是小而又小的三瓣小嘴根本塞不进胶皮奶头。

这在大家眼里已经是六个小艺术品，而不仅是幼小的动物。就在费力焦心地往它们嘴里塞奶头的同时，大家也正好仔细观察了一遍。原来过去只是粗略地知道它们是怎样的长相，而对细部并没有多少真正的了解：水汪汪的一对大眼睛上，眼睫处像文上了一道金边；最绝的是小鼻子，鼓鼓的而且无比小巧，有点像猫的鼻子缩小了几号；整个面庞和神气让人想起一个稚气而甜美的

少女——可爱是不用说了，但是怎么挽救其生命呢？

最后总算想出了一个办法：找一个注射器，再把针头换成气门芯。这样它的小嘴倒是能够含得住了，但如何让它们吃奶呢？总不能用注射器硬往里推吧？

艰难的两天过去了，第三天总算有了转机：小家伙们熬不住了，饥饿战胜了恐惧，终于开始含住特制的奶嘴吮了起来。

一个月过去，如今它们已长到了二十公分，弃奶食草，以院为家，欢快健壮。

林子里常有被其他动物所伤的草兔，祸首未知。有人说是鹰，有人说是狐狸，还有人说是豹猫。我们同情无边然而能力有限，只有叹息：可爱的草兔，食的是草，命运也像草。

豹　猫

这种凶物初一看像猫，其实却是猫的天敌，可称为动物中对立的一面、一极。因为一个极柔顺，一个极残暴；一个不离人侧，一个狂驰四野。万松浦一带是豹猫的广阔天地，它们在这里正可以大有作为。对它们来说，这儿真是吃物丰盛，衣食无忧，而且也没有太多的对手。

我对于豹猫原也喜欢，后来却十分恼恨，这都是因为听来的一个故事——据说这故事毫无夸张，完全是真实的。故事说的就是豹猫与猫的关系：猫只要遇到了豹猫，立刻会吓得浑身打战，一动也不敢动。因为它们原都属于猫的大家族，所以相互之间说话还听得懂。豹猫不断发出命令，猫都要一丝不差地照着去做。豹猫前头走，猫则紧跟后边。它们来到了水潭边，豹猫就让猫不停地饮水，直喝到肚子滚圆再吐。就这样饮了吐，吐了又饮，目的只为了让猫把肠肚洗得干干净净。洗过了，豹猫就把猫吃掉了。

多么残忍。而且还有“本是同根生，相煎何太急”之悲。

豹猫的凶和勇是有名的。过去有许多猎人谈到它，都瞪起眼睛说一句：“啊呀！它呀！”因为它们看上去形体并不很大，再说面目像猫，往往不被提防。实际上这种动物真有豹之猛厉、猫之灵捷。它们不仅不怕人，而且还主动挑衅，常于冬夜窜于民宅，搜吃物寻生灵，狂撕乱扯一通。那时候，它真正是飞檐走壁，一纵无踪。

豹猫的来历有两种说法：一是走失的猫在野外久了，性情剧变，野性勃发；二是豹一类偶尔与猫一起，生出了这么一种物件。我认为后一种说法有点滑稽，所以不信。倒是前一种说法容易理解，因为境迁情移，并且被孤独所逼，猫本身就可以走向另一极的。

喜　鹊

这是一种惹人喜爱的美丽洁净的大鸟。它十分聪明，如果畜养日久，就会发现它许多有意思的举止，知道它有趣而且善解人意。它依恋人，顽皮并且撒娇，给人的安慰有时多少接近于猫和狗。中国人喜欢喜鹊，这从取名上就可以看得出来。可是西方有些国家特别喜静，觉得它太聒噪，因而讨厌。让中国人不理解的是，如此美丽的大鸟，它的声音只会是对人间的祝福，是喜庆之声，怎么能厌烦呢？

书院里的喜鹊常常成群结队，这让我们引以为荣。我从未在其他地方见过这么多的喜鹊，因此也认为万松浦实在是一个吉祥之地。每天走在石板路上，总有一只只喜鹊在前后拥护叫闹，它们相互响应，声调不一，让人想到非同一般的欣悦和欢快。

在秋天日暮时分，喜鹊愿意安静地落在院子当中的几棵大水杉树上。它们这时沉默了，可能在思索忙碌的一天，稍稍总结；也可能正在欣赏落日和云霞。

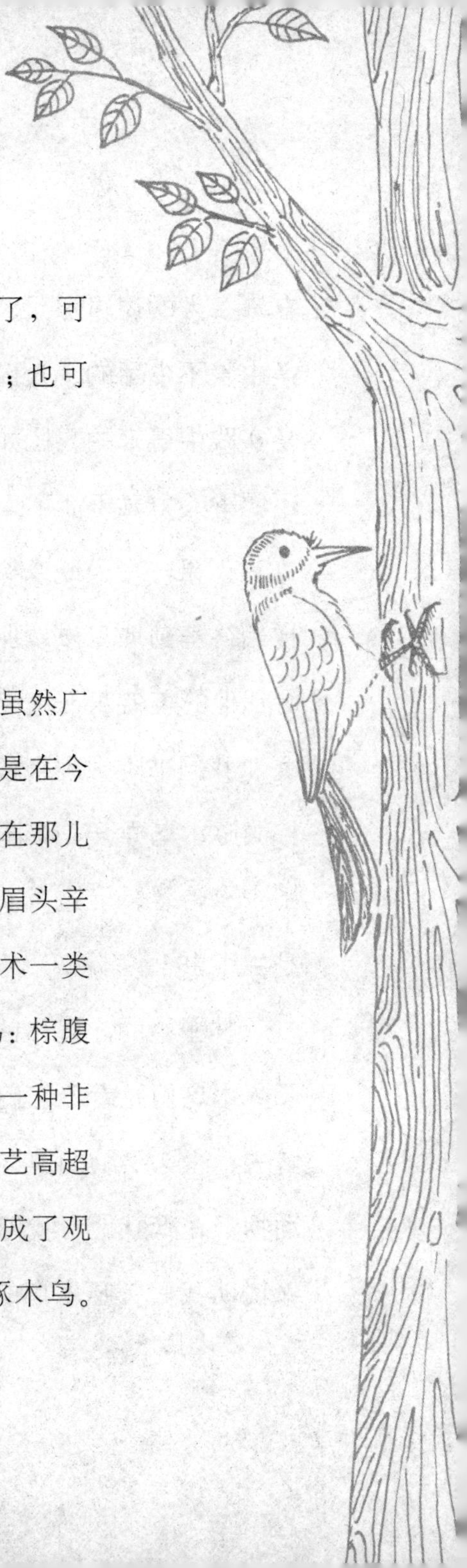

啄木鸟

关于它们是林中医生的说法虽然广为人知，但真正给人以体味的却是在今天的林中。看到一只只啄木鸟伏在那儿敲击着，你会想到它们正在皱着眉头辛勤工作，比如正做一种号脉或手术一类的事情。这儿至少有两种啄木鸟：棕腹啄木鸟和灰头绿啄木鸟。前者是一种非常漂亮的鸟，彩色鲜明，真是技艺高超长得又好。以前曾有人把它们当成了观赏珍品，怎么也不相信这就是啄木鸟。

在许多人的逻辑那儿，只要是极为好看的事物，就一定是中看不中用的。人们习惯于把观赏和实用分开。这也是实践中得来的，比如人，一旦长得太好看了，就往往不愿下大力气干活了。

如果一个人既像棕腹啄木鸟那样好看，又能像它一样始终辛勤地工作，那就一定是人世间的宝物了。人们会让他的美名四下流传。

我们书院中刚刚移植来一棵大水杉，不久就给一只棕腹啄木鸟弄开一个洞。一棵大树上有了鸟洞，虽然多了一点诗意，但也少了一点完美。有人说：这棵树肯定是生了虫。

林子中的洋槐和钻杨常受虫子袭扰，因此也真是亏了啄木鸟们。看着它们垂直贴伏在树干上并且能够转来转去、歪头摆脑的模样，心中就会泛过一阵感激。许多动物都在默默地帮我们，以自己的特技，或至少以歌声来援助我们。啄木鸟的敲击声就是林中最清脆的梆子，特别是在浓雾天气，那时这是原野里唯一使人振作精神的声音了。在它的声音里可以安心读书，也可以想想天晴之后去采蘑菇之类的好事。

云　雀

她仅仅以自己的歌声成为了万松浦的标志。有人怀念在书院里居住的日子，竟然首先想到了云雀那不倦的歌唱。她在高空里凝成了一个小点，响亮的、不愿妥协的歌声就从那儿洒下来。她仿佛一直在重复同一类歌词：乐乐乐乐、可乐可乐、真是欢乐、我们真是欢乐欢乐然而还是欢乐！

她的亮喉让最好的人间歌手嫉妒当是自然而然的事情。她不倦，不蔫，永远的乐观主义者，永恒的大自然的歌者。在一片草地或林木之上的高天中，她是自然神悬起的亮喉。有人说她在为自己幼小的生命而歌：就在与她垂直的地面上，有一个隐藏得很好的小草篮，那就是她的窝，里面正有她的几只精巧的卵，或者干脆就是几只娇嫩的小雏。她的目光大概比得上鹰，因为她可以在高空里用目光爱抚小雏们。她看着自己的孩子，心中爱意汹涌。她要把小雏们一口气唱大、唱醒。

也就在这样的歌声里，万松浦迎送着自己的生活。这儿四处都是云雀的窝。

树　鹨

一片林子里因为有了树鹨就显得热闹一些，因为它是最不安分的一种鸟，飞起来一荡一荡的，像打秋千。当地人从来不叫它的学名，只喊它“痴大眼”。这可能是与麻雀相比较而得出的一个外号：它不像麻雀那么警觉，有点大大咧咧的。它的眼睛并不大，说它“大眼”，是指它的马马虎虎。如果小心一点，可以凑得很近去观察它——它只顾忙自己的，不太在乎。树鹨不仅在树上忙，而且在水渠边，在红薯地里，到处都可以看到它的身影。

儿童们常常捉了树鹨，一心一意养活它。他们将其握在手里抚摸着：“多么胖啊，这么多肉。”如果是一只麻雀，这个时候只会是一阵急急的喘息，因为那是极度的紧张和气愤——谁都知道麻雀是气性最大的一种鸟，被捉后不吃不喝，会活活气死。树鹨却是一副随遇而安的样子，东张西望一阵，然后就开始啄人的手：轻轻地啄。不过几乎所有的树鹨都能成功地逃脱，这当然是因为孩子们的大意：他们真的以为它只会痴痴地瞪着一双眼睛呢。

在万松浦，每当下午时分，这一只只“痴大眼”就开始激动起来了。它们的飞行很像大海浪涌上的小船，起起伏伏，真的有一种漂荡感。

杜　鹃

万松浦有许多四声杜鹃和二声杜鹃。所以一进林子里首先听到的就是它们不倦的呼唤。比起野鸡和野鸽子此起彼伏的叫声来，它的声音显得更为亲近，简直就在我们身边。它的声音是透明的，清爽脆亮的。我们很难想象没有杜鹃的林子会有多么暗淡和寂寥。

客人住在书院里，常有的一个感叹就是：这种鸟可真能叫啊！是的，整个春天和夏天，从白天到夜晚，整整一个长夜它都在呼叫。二声杜鹃和四声杜鹃都在叫。一刻也不停歇地呼叫，这到底是歌唱还是呼唤？我们宁可想象是后者。就由于这不能停止的呼唤，所以才有“杜鹃啼血”之说。

要真的体会杜鹃这奇异的啼鸣，只有到林子里住上一夜才行。这彻夜不休的声音会让人半夜坐起来，一边倾听一边牵挂，发出阵阵猜测：为什么、为什么？是悲伤吗？是孤独吗？是寻找吗？是渴望吗？它面对的是茫茫林海，是百鸟喧哗或者死寂的长夜，无论何时，无论何地，它总是这样呼叫，不能停止。

有人说：它正处于“发情期”。是的，“发”是爆发，“情”是爱情。一只美丽的鸟儿爆发了爱情，只能是这样。我们不知道比较其他的生命，这种鸣叫究竟意味着什么。在它并不太大的躯体内，竟然蕴藏了这么盛大的爱，这么多的情感和力量。这种巨大的消耗也只能为了爱情，它在为爱情啼血。这种啼叫甚至让人有一个不祥的猜测：或者是绝望和死亡，或者当千呼万唤之爱到来时，它会因为巨大的耗损而倒地不起。

獾

在这儿，许多人常把一个慌慌逃去的狗獾或猪獾当成了狐狸；再不就说：我刚刚看到了一只狼。如今，它和狐狸在平原上已经是最大的野生动物了，而且繁殖力强，踪迹不绝，泼泼辣辣地打出一些洞子，神出鬼没。人们提到獾就会想到那个骇人的故事，因为小时候或许都听到过一些人对它的奇特描述：獾是不咬人的，它只是太好奇了，见到人就要与你玩耍，不停地胳肢你，让你笑，笑，不停地笑。你越笑它越是起劲地胳肢你，直到你笑得绝了气。它只有看到你一动不动了，这才灰心丧气地走开。所以家长常常这样告诫孩子：去林子的时候，特别是上学的路上，如果遇到了一只獾，千万不要和它靠近，更不要和它玩。如果它动手胳肢你，你可一定要咬着牙忍住啊。

獾的一张小脸十分生动，特别是狗獾，模样并不难看。十几年前我曾从不远处观察过獾：它正吃海棠树下的一只小香瓜，那咯吱咯吱的声音，抬起爪子舔食的样子特别可爱。就因为它乐于在土洞里钻来钻去，人们一直认为它是一种不洁的动物。人们不吃獾肉，但十分珍惜獾油，一直把它当成医治烫伤的首选良药。

记得有一年，林子里有一个酒鬼去会自己的亲家，由于酒喝得太多，回家的路上遇到了大雷雨，结果倒在花生田里淋了一夜。第二天人们找到了一个半死的人。他被抬回家去，一直医治了好久才能出门。事后谈起这个经历，他却一口咬定自己遇到了獾：“它的小手啊，搭上你的胸口就开始了胳肢，再也不愿拿开了。还好，最后我就对着它的小嘴呵气，不停地呵气，直到用酒气把它呛跑了才算完……你看，酒是好东西啊，酒救了我一条命。”

夜里，每当书院的狗突然急急地叫起来，有人就说：“是獾来了，獾又进门了。”令人不解的是，獾每夜都要来，它到底要来这里干什么呢？

狐　狸

狐狸的智慧和美貌都是招人记恨的，所以一直有人把它比作媚女，还要说：“像狐狸一样狡猾。”可见它压根就是一种不凡的生命。不必翻蒲松龄的书，万松浦一带的人都能讲出许多狐狸的故事。这些故事来自生活，而不是来自书本。因为听这些故事太多，并且讲述者总是言之凿凿，所以大多数人并不怀疑狐狸所具有的神奇能力。在这儿，最具有神力的动物就是狐狸，其次才是

黄鼬。

我们这儿有赤狐，有人不止一次在河岸上看到缓缓离去的狐影。一年初冬，有人起早赶海，就在一条小路上看到了一条身上沾霜的狐狸。因为它蜷在那儿不打算让路，他也就停下脚步。他做一个威吓的手势，它也做一个。他用手里的镰刀当成枪向它瞄准，它这才懒洋洋地离开。赤狐肯定也是有神力的。因为过去的林子更大的缘故，关于狐狸的传说也就更多。它们可能实在太寂寞了，总是时不时地走出林子找人逗一点乐子。比如说它们最愿做的一件事就是扮作一个美丽的姑娘，因为它们特别知道这将多么招人喜欢。看着一个个男人在它们面前大献殷勤，心里一定乐开了花。再就是半夜里在林子深处哀伤地泣哭，直哭得肝肠寸断——有人到林子里寻找时，会发现这哭声永远在前边、在林子的更深处。

赤狐可能比一般的狐狸更为嗜酒。常常听说它因为醉酒露出尾巴的事情。海边上许多人都知道这样一个故事：在过去家家都酿私酒的年代，曾经有一只赤狐夸口，说它尝遍了村子里所有人家的酒——那是一个中午，当时它正幻化成一个人人都熟悉的教书先生的模样，走在街上，还戴着一副缺腿眼镜。可惜它真的喝醉了，蹒跚着，一条尾巴拖得老长。

在河边上看果园的老人最愿讲的就是他亲眼目睹的一件真事：有一天中午很热，他正铺了一片席子在高粱地边歇着，突然听到有人骑着一辆自行车过来了，他抬眼一看，倒吸了一口凉气——原来骑车的是一只狐狸，那车链子都锈了。他大喝一声，那狐狸扔下自行车就跑了。

在林子里，人们只要遇到了一些不可解的事情，总是说一句：大概是狐狸办的吧？这样问一句也就模糊过去，凡事不求甚解。所以狐狸对人来说也像其他事物一样，总是有利有弊：一方面它使我们的生活增加了一些浪漫的想象、一些情趣，另一方面也使人遇事不再细究，减少了一些科学追问的精神。

蛇

我们这儿以前蛇是很多的，现在不知为什么变少了，许多天都见不到一条。

人天生是怕蛇的，总是将其看成最可恶最令人恐惧的东西，为了表现自己的勇气，只要见到就要设法消灭它。这是多么大的误解。后来才知道它应该是人类的朋友，并且有权利与人一起生活在这片土地上。

据说蛇也是有神力的动物之一。万松浦一带最多的是蝮蛇和一种花花绿绿的水蛇，但很少听说它们伤害过谁。总是人在打它们，还编造出一些故事中伤它们。像白娘子那样美化蛇的故事是绝无仅有的。尽管如此，那个故事中与母蛇在一起的男子还是脸色可怕，因为蛇属阴，它太凉了。人蛇相恋，这多么可怕，这可真想得出来啊。有人问：蛇不过是细细的一条，怎么与之相恋？这不过是扯淡嘛。

蛇的神力在童年时期曾经有过一次实证。那是一个星期天，我们一伙学生在海滩上玩，其中有人一连打死了两条大蛇。结果回家的路上不断发现有蛇挡在小路上——惶恐中有人又打死了几条。于是更可怕的事情发生了：只要往前走就有蛇在挡路，它们太多了，多得就像乱草一样，一绺绺封住了所有的路径。

我至今记得小时候那片恐怖的槐林，它太大太密了，黑乌乌立在海滩一角。从来没有人敢去那儿，因为据说它属于蛇的领地——那里盘踞着无数的蛇，真是要多少有多少，其中有个蛇王，它是一条比手臂还粗的、头上长了鸡冠的大家伙。黑色槐林那儿常常传来一声声奇怪的鸣叫，有人说这就是蛇王的叫声。那片林子阴气森森，这完全是因为蛇的缘故：蛇是真正属阴的，它很凉。

直到十几年前，那片神秘的林子才最后消失。那当然是工业化带来的后果，因为厂房一直要往前推进。可是从来没有听说蛇王及其他的子民有过什么反抗，产生过什么故事。看来工业化是无坚不摧的，它呈现出与蛇的属性完全相反的另一极：阳性特别强。

我们书院有一天发现了一条小小的青蛇，大家不仅不怕，反而引为稀罕，围着观看。司机小镰被它小巧的、光滑的身躯吸引了，于是伸手抚摸了一下。谁知小青蛇一阵恐惧中张开了嘴巴：小镰的食指上立刻留下了两个米粒大的印痕，还出了血。这时大家才想起蛇是有毒的，嚷叫起来。可是小镰笑笑说一点也不疼。他把小青蛇放到草地上，擦擦手。后来小镰果然无恙。

鹌　鹑

“俺那闺女老实得啊，就像一只小鹌鹑。”这是一位老太太说过的话，让我一直不能忘记。我感到好奇的是，像小鹌鹑一样的姑娘会是怎样的啊？鹌鹑是一种最朴素的鸟，它常常因为自己的弱小而招人疼怜。我看过那些饲养的鹌鹑，它们一群群围在主人身边讨要食水的模样，真是可爱之极。

我第一次仔细地观看和抚摸鹌鹑是在几十年前的夏天。当时我们学校支农拔麦子，有人干到接近中午时分突然大呼小叫起来，于是大家都围了过去。原来他逮到了一只鹌鹑。他诉说着整个过程：这鹌鹑被发现后就一直沿着麦垄往前飞跑，他就追赶，“它跑得可真快，我好不容易才把它捉住。”“它为什么不飞呢？”他回答：“它忘了。”

鹌鹑因为善跑，有时真的要忘记了自己的翅膀。鸭子和鸡，都是忘记了翅膀的飞鸟。翅膀是为天上准备的，而两条腿只能留给人间。

一个小姑娘刚逮了一只毛茸茸的小鹌鹑，用手捂住往前走，嘴里唱着：

“鹌鹑是小鸡，喂它一点米；下了两个蛋，变成小弟弟。”这次我好好看了一下她的小鹌鹑，发现它的眼睛有着难以消除的羞涩，栗色羽翼就像一件素花衣服，颤颤的小腿让人想起刚刚进城的山里娃娃。我想把它颌下芜乱的绒毛理好，每动一下，它都不安地看我一眼。

青　蛙

好久没有这样的情形了：入夜后，躺在床上听阵阵蛙鼓。那是许久以前的记忆了。可是如今在万松浦，又可以找回这样奇妙的感觉了。蛙鼓就来自旁边的河，来自院中的小湾。

谁还记得这样的情景：河边紫穗槐窠子里有高高低低的鸣唱，你蹑手蹑脚走过去，伸手摇动一下灌木枝条，树窠里就噌噌蹿出无数的青蛙，那真是万箭齐发。

青蛙的模样千奇百怪，不可胜数。有的通体像翡翠一样碧绿，有的长了粉红色的花纹；有的个头胖大，有的小巧玲珑。有个南方人站在河边看了一会儿，咕哝说："这是一道菜啊，田鸡田鸡，这里不是太多了吗？"他后来真的找来一面小网，只一转眼就捕了一大桶。可是当他拎着桶不无炫耀地往回走时，却遭到了许多白眼。

半路上，南方人把那桶青蛙放掉了。

蟾　蜍

它模样难看，令人不敢久视。一只老蟾蜍身上有无数疙瘩，眼睛的颜色都是红的。最老最大的蟾蜍像碗口那么大，步子极为缓慢，步态很像一只龟。它一动不动时模样威严、沉默、阴郁，想吃东西时就紧紧盯住树枝上的那只蛾子——只需几秒钟蛾子就一下掉进了它的嘴里。这就是它注视的功夫。它的目光里有一种阴沉可怖的特殊力量，这就是：眼力。

这一带的人没有不知道蟾蜍有这个功力的，所以从来没有人与之对视。今天看，也许它能够从眼睛里发射一种微波之类的东西。直到现在，只要一说到“眼力”这个词，我马上就会想到蟾蜍的眼睛。

现在的万松浦，像记忆中的那种大蟾蜍已经不见了。为什么？不知道。一群群的中小蟾蜍随处可见，它们入草丛进水湾，忙个不休。可是它们一般来说是没有什么眼力的。

沙　锥

来这儿的朋友常有一种误解，以为在海岸上飞跑或翩飞的小沙锥就是等待长大的小海鸥。跟他们解释没有用，他们不信。而我们这儿的人从小就知道二者是不同的。海鸥走路笨拙，而沙锥有极好的跑功，它这一点很像戏曲舞台上的某些人物。沙锥虽小，但如果能从近处看一下，就会发现它们有一副老成持重的样子，并非是什么小雏。龙口当地人对这种小而老成的模样叫“小老样儿”。

沙锥比起海鸥来，就长了一副“小老样儿”，是可爱之极的一种鸟，平时在满是粗沙砾的海边飞跑，成群结队。在退潮线上的浅水里，它往往用怪异的目光注视着水流，颀长的双腿一瞬间凝止不动。有时候海边上食物不足，它们也要远远地飞向海滩深处。

小时候与沙锥的亲密接触不是在海边，而是在收获过的红薯地里。那里在初冬已变为的一片沙子，不过比海边的沙子要细得多。我们用垫上了玉米秸秆的铁夹子捕捉沙锥，这样就可以不伤到它们。铁夹上的小玉米虫一动不动引诱着，它们一群群地往前疾走，从不生疑，遇到吃物一定要伸出嘴巴，所以捕它们是很容易的，远比捕麻雀要简单得多。那时我们曾经捕了多少沙锥啊，每一次都引起一阵欢呼雀跃。第一次凑近了看它时曾感到万分好奇：看上去形体紧凑的小鸟原来这么胖啊！于是我们就给它取了个外号：肥。

来此地的客人总是说：瞧这儿多么好啊，有一群群的大海鸥，还有一群群的小海鸥。还议论：大海鸥能飞到海的里边，小海鸥还不行，它不敢啊。

百　灵

百灵和云雀让人分不清，如果离得近了，凤头百灵头顶那一小撮毛发倒是很好的标记。这儿的百灵一度和云雀一样多，后来不知为什么百灵就更多地飞往南部山区了。山区的人赞不绝口的只有百灵，他们从不言及云雀——或者他们以为二者是同一种东西，只不过像其他物品一样，仅仅是“牌子”不同罢了。

百灵的歌声与云雀同样美妙，但节奏稍有不同，听起来更为浑厚和婉转悠扬。它在山区和平原上过着无忧无虑的生活，压根就不能体会城里人装在笼子里的百灵是怎样一种心情：据说一旦失去了笼子，那些城市百灵是很不习惯的。

有一个剧院门口贴了一张海报，上面夸某位歌手为“小百灵”。当然，这只能是在歌声方面谦虚地称“小”，而绝不是在形体方面。如果是一位杰出的高音，是否可以称为“小云雀”呢？

百灵就像云雀一样，成为我们万松浦最引以为荣的绝妙歌喉。

麻　雀

有人说这是真正的平民之鸟，它们无所不在，平凡无奇，然而异常顽强。它们也像平民一样为数众多，不被珍视。可是谁又能忘了麻雀呢？你一时会想不起天鹅，尽管它是那么高贵。麻雀像种子一样撒遍大江南北，无论城乡和原野，都是它的生存之地。它没有婉转的歌喉、绚丽的衣装，也没有雄健的体魄。它真的只是一种再普通不过的鸟儿。在许多时候它就是鸟儿的代表词——它可以代表它们，因为我们首先想到的是它，它就近在眼前，就在窗前和屋檐下，就在童年的手上。

一个地方如果连麻雀都没有了，很可能其他的鸟儿也很难见到。它与大多数人一起生活，甚至是一起悲欢。在寒冷的冬天，大雪铺地的日子，麻雀无处觅食的窘境多像断炊的贫民。那时候它们落在一家一户的院墙上，小声地议论着，瞅着屋内。北风吹起它们已经不再整齐的羽毛时，它们都顾不得像往常那样掉转一下身子。

连日大雪封地之后，总能看到有麻雀死去。这就是鸟儿当中的“路倒”。

我注意到城里的麻雀：它们差不多都是羽毛发黑、紊乱，可爱的肚腹也不再是白白的。有的麻雀甚至是乌黑的，那大半是在烟囱旁取暖时弄脏的。城市已经没有一片干净的地方可供它们栖息，落脚之地尽是垃圾，尽是汽车尾气和人流车辆搅起的暴土。可是它们已经无法离开，因为它们就像大地上的贫民一样，故土难离。它们不是游牧民族，不善于大幅度长距离地迁徙。

而万松浦一带的麻雀是洁净的，它们停留的是海风吹拂下的白沙绿树，是被雨水洗过的干净屋檐。我每一次看到这儿的麻雀，就会想到城里的鸟儿，我在心里问：你们和人不一样啊，你们没有单位，没有户口，也没有各种家具的拖累，而且更重要的是，你们有翅膀啊！你们为什么不离开呢？你们是会飞的生命啊。

可是我也知道，大多数生命还有一个属性，那就是依恋。对于一些更优秀的生命而言，在许多时候真的是很难一走了之的。

野　鸡

“我在这里看见大野鸡了！”来万松浦的客人往往在第一二天就这样说，一脸的欣喜。这对他们来说很可能是第一次——以前都是在动物园里见识到它们的模样。可是动物园里的野鸡不太叫，它们那时候因为孤寂，总是沉默多于欢愉的。而这里的野鸡却是旁若无人地大叫，因为它们自在，也因为自豪。从记事的时候起它们就在林子里呼叫，那是这些野鸡的父辈吗？可见我们这儿的人与它们至少也有两代之谊了。

任何一片林子，如果没有野鸡沙哑的大叫，就不会显得有多么深邃，也不会呈现出应有的野性。林莽之气一多半是来自野鸡的叫声，其次还有野鸽子的声音。如果野鸡不太怕人，如果它公然能够在离人几公尺远的地方四下张望并迎着你放开喉咙，那会是多么有趣。

有一天下午，书院的人正在菜地里忙着，突然就有一只母野鸡领着一群小野鸡从林子里出来了。那一大群精致的小鸡至少有七八只，悄无声息地跟在母亲身边，真像童话一样可爱。这时候公野鸡不在，那个做父亲的不知到哪里去了。

公野鸡常常入画，就因为它有一条彩色的长尾。孔雀开屏太有点南方的夸张了，于是北方的野鸡甩着长尾一飞，肥肥的身躯掠过林梢，更是呼啦啦生动逼人。

奇怪的是这里的人几乎没有找到过野鸡的窝，当然也没有看到它的蛋。但常有人饲养过小野鸡，并且把它巧妙地混在家养小鸡中，让老母鸡把它带大。野鸡的深色翅膀很快就在鸡群中凸显出来，并且最先为猫所注意：它看看小野鸡，再看看主人。

燕　子

这里的燕子主要为家燕和金腰燕。人们是多么珍惜这种鸟啊，简直不是把它当作鸟来看待的。它在鸟中的地位多少有点像猫在四蹄动物中的地位，即与人的关系特别亲近。“那是燕子啊。”经常看到怀抱小孙子的老爷爷指着落下来的两个燕子说。小孙子刚刚十来个月大，望向燕子的眼神还有些恍惚，一副懵懵懂懂的样子。可是他从这么早就开始结识这种非同一般的鸟类了。

我常常想，燕子到底是怎样确立与人的这种特殊关系的？它们与人如此亲近，却并非像鹰一样喂熟后可以为人驱使，也不像鸽子那样围在人的身前身后。猫在人这儿获得了独一无二的特权，比如在人的词典里，猫可被称为“男猫”“郎猫”“女猫”等，其他动物则不

行。无论是农村还是都市，它们习惯上都要与人同眠，可以随时随地跳上床头炕头。而即便是一只小狗，随意跳到炕上也是不被允许的。这大半是因为猫的娇媚和洁净，它们大多时候是一尘不染的。燕子却从不接近人的身体，但它把窝筑在一户人家的房檐下，这户人家就会觉得受到了奖赏一般，十分高兴。有的燕子甚至把窝筑到了屋内——这在今天的城里孩子看来可能是不会理解的，但这一户人家却真的会因此而更加高兴。

比较几种动物与人的关系：狗常常与人合作；猫特别让人亲昵；而燕子更多的使人尊敬。

黑色的燕尾服，雪白的衬衣，燕子在打扮上是个西化的绅士，然而它却是中国乡土民众的挚友。连最贫穷地区的人都知道不可以打燕子，连最小的孩子都知道这是一种获得了豁免权的鸟儿。他们都小心翼翼和真情实意地对待来到自己家的燕子。燕子最喜欢成双成对地待在一起，并且能够像人类中的夫妻双双地忙碌，饲喂自己的小孩，一点一点将其养育起来。

在我们万松浦，燕子同样是最高贵的鸟儿。

雀　鹰

如果在阴冷的天色里呈现这样一幅图景：北风吹拂着野地里一团团的滚地龙草，一只雀鹰正从它们中间起飞，就会让人感到最严酷的冬天已经来到了。雀鹰那灰乎乎的身躯在万松浦的上空活动时，实在是显得触目。

有一天，这儿的天空翱翔着四十多只苍鹰——其实只是雀鹰。那是一个初冬的下午，其情其景让我印象深刻。

书院东河那儿就有雀鹰的窝。我们常常可以看到一只雀鹰抓住一只什么猎物从院子上空飞过，那模样让人想起一架飞机悬挂了炸弹在飞翔。

有人以为雀鹰是小个头的，而红脚隼却有可能是大的，这是一种误解。雀鹰其实比红脚隼还要大一些。雀鹰捕捉鸟儿的残酷场面我们没有看见，但我们书院松林里常常有鸟儿凌乱的羽毛。一场血腥的战争和杀戮总是从我们的眼皮底下滑过，看来雀鹰是善于速战速决的。也许正因为这里的鸟儿太多，所以才有这么多的食肉动物。可是同样是长了双翅的，却要以另一些飞翔的生命为食，这是多么残酷的事实。这是一种可怕的象征。

这里苍鹰很多，另外还有一种更大的鹰：鹫。如果有一只鹫飞向了高空，有人就会指点着喊：“看哪，老鹞子！”它们比红脚隼和雀鹰更为猛厉，能够捕捉飞驰的草兔。

大　雁

大雁路过万松浦时常要留下来玩几天。它们在稀疏的苇窠间慢慢挪步的样子很可笑。一些猎人很喜欢它们能在这儿逗留，还给它们取了个外号："老呆宝"。小时候曾看到一个矮个子老人挎一个篮子低头在青青的麦田里走，问他干什么？答一句："捡大雁粪。"我们争着去看他的收获：篮子里只有几块光滑的、白色的圆柱形东西，根本就不像粪便。问他干什么用？他答："做药材哩。"

往昔里，午夜有两种声音是最迷人、最难忘的。一种是天空过大雁时的鸣叫：像小儿低语，像婴儿在笑。这声音让我们在心中默念："一会儿排成人字，一会儿排成一字。"一种是马车在不远的路上通过时，马蹄发出的嗒嗒声：不脆也不艮，不响也不闷，配在夜色里真是好听。

现在这些声音都听不到了。不客气地讲，一些特别的、真正的幸福，我相信是随着它们的消失而永远地消失了。

灰　鹤

在河湾处，在海滩上的一个个大水洼那儿，常常落下一些灰鹤。它们的长腿让当地人发出惊叹："嚯咦！"灰鹤在浅浅的草丛中踌躇时，两眼痴呆呆地望向四周，有时猎人凑得很近了它还是毫无察觉，无动于衷。

前些年秋天，一个猎人被早就想逮他的公安人员逮到了。候审期间他哭丧着脸说："我什么坏事也没干，我不过是打了一只鸟。"公安人员认为只要是长腿的鸟就要保护，至于怎么处罚，那还要看鸟类图谱。那个猎人说："我的命运怎样，最后就看那张图谱了。"

结果查出是一只灰鹤。罚款，没收猎枪。这结果使猎人还是有些高兴，说：“如果谱上让我蹲个三年五载的，我也没有法子。”

这个猎人来万松浦玩，路上正好看到了一只灰鹤翩翩落下，立刻下意识地闭了闭眼，说：“又是它！”

灰 喜 鹊

灰喜鹊是葡萄园里的顽皮鬼，不受欢迎，毛病屡教不改。它们爱吃葡萄，但从不讲究方法：每一个葡萄串穗用长嘴吭几下也就算了，结果整串的葡萄就要烂掉。种葡萄的人说起灰喜鹊，都是一副不以为然的样子。因为灰喜鹊属于受保护的鸟类，只能轰赶而不能捕杀。结果许多葡萄园不得不雇用专门的人到园子里按时喊两嗓子，叫作“赶鹊人”。

灰喜鹊看来十分满意自己的角色，它们一直待在树上，专等赶鸟人喊过了离开，然后一头扎进园子。种葡萄的人捧着被它们啄过的烂葡萄穗，说：“你说这些狗东西气不气人啊！”它们不吃葡萄的时候，一群群在园子边上飞旋，叫出一阵阵不无滑稽的声音，很像是取笑葡萄园的人。

但即便是葡萄园的人也承认：灰喜鹊单从模样上看还是很好的。它们有海军军官才穿的那种灰呢子长大衣，还戴了黑色贝雷帽，真是足够神气。当它们安静地待在树上时，那种神情也是非常温文的。可是更熟悉它们一点脾性的，就会发出连连叹息，感到惋惜。因为它们既是清除松毛虫的能手，是使一大片林木免于毁坏的大功臣，又是海边一带十足的捣蛋鬼。它们不仅对葡萄园恣意妄为，而且还对其他的鸟类构成威胁，甚至趁其他鸟儿外出不在时，动手拆毁人家的住所。

万松浦一带的灰喜鹊成群结队，它们喜欢这无边无际的松林，更喜欢成片的葡萄园。

牛背鹭

牛背鹭在当地极少见，可是这几年也来万松浦了，成为尊贵的客人。它长达半米的身躯，头和脖颈醒目的橙黄色，都给人眼前一亮的感觉。

但它们在这儿仅是两只、三只地出现，很少成帮成伙。它们光顾万松浦的样子，让人想起初来乍到的旅游者。它们如果长久地待下去，将会知道这里有多么丰富的食物、多么好客的主人。

三只牛背鹭于一个雨后的下午落在书院的水杉树下，像几位老翁一样持重地踱步。更多的时间它们只是候在原地，看看碧绿的草地，看看一旁翩飞的喜鹊，不动声色。

就在前不久，它们还曾经出现在离万松浦十几华里外的闹市区，但只停留了短短的二十分钟。

猫 头 鹰

面对它们圆圆的大脸、明亮异常的眼睛，你常常会觉得这是一种无所不知的生命。的确，猫头鹰是一种绝不平凡的鸟儿，它几乎在一切方面都引起了人们的好奇心。人们对它迷惑、敬畏、恐惧和喜爱，还有许多时候是厌弃和拒绝。它是捕鼠能手，是会飞的猫。可是在北方相当大的地区里，人们把它当成了死亡的预言家——老年人最不愿听到的就是它的叫声。我曾亲耳听到一位正在河边上蹲着的老人面向鸣叫的猫头鹰喊："不用说了，我走到哪你说到哪；我知道我快去了。"老人从心里认为这只不祥的鸟儿在向他发出死亡通知。

其实如果居住在万松浦，也就不会变得那么敏感了。因为这里的猫头鹰太多了，任何人都不可能回避它的叫声。长此以往，它的鸣叫只成为众生合唱中的一个音阶、一种乐器，比如是一支竹笛或箫而已。造物主

真是奇怪啊，它不仅有猫一样的耳朵、眼睛和面庞，不仅善于捕鼠，而且也能发出猫一样的“喵喵”声。它与猫到底是一种什么关系，生物学家并没有详细地告诉我们。在一般情况下，我们人类不太习惯看到一种动物的脸庞圆圆的，也就是说，不太希望它们脸的形状太接近于人本身。如果有什么鱼类或鸟类长出了一张圆脸，就会引起我们长久的观测和想象，让我们不安。而猫头鹰就是在这一点上让人颇费猜度。

它们的种类非常之多。据说有二十多种。其中有的面庞实在是太怪了。比如长达半米、像头戴黑色呢帽的草鸮，谁在它的注视下会无动于衷呢？再比如更大个头的雪鸮，周身雪白，两眼通圆，有硕大的头顶，很像一个个刚刚堆成的雪人——它一旦突然出现在面前，一定会使人目瞪口呆。还有长了一张猴脸的褐林鸮、面目悲伤的长尾林鸮，都拥有无法言喻的韵致和神情。

万松浦的林中有七八种猫头鹰。

有一次在南方的奉节城，我看到了一只小孩子大小的猫头鹰，它粗粗的腿上正系了一根铁链子，跟随自己的主人在街头小摊上喝酒，主人不时扔一块肉给它。它一活动，铁链子就哗啦啦响。主人喝过了酒，说一声："咱走啊！"它就跳上了主人的肩膀。

大多数的猫头鹰都留了人一样的背头发型。可见它们的确不是一般的鸟。

黄　雀

它就是人们常常饲养的会唱歌的小鸟。这种鸟儿在林中不起眼，只有美妙的歌唱使人心情愉悦。一只能歌唱的小黄雀十分受人欢迎，它很容易饲喂，且鸣唱不倦，早已进入寻常百姓家。一些人甚至以捕捉黄雀为生，他们就来往于林中，到处悬起“翻笼”：笼里先放了一只雌鸟，笼上有一个机关，只要想谈情说爱的小黄雀一扎进笼里来，笼子上的翻盖就一下合上了。

黄雀是杰出的小歌手，是我们引以为荣的鸟儿之一。只要提起能唱歌的鸟类，万松浦的人就会说一句：“俺这里黄雀最多了！”

黑枕黄鹂

夏天的中午走在林子里，常常被一种极为奇特的叫声惊呆：婉转之极，嗲声嗲气，有时真像一个婴孩在呼唤母亲。它的声音混在林子里的众声喧哗之中，显得非常突出。这就是黑枕黄鹂。它比黄雀肥大，口腔里一定有个不小的舌头，所以才会有如此独特的、简直是拟人化的鸣叫。

林子里的这种鹂鸟在数量上远远少于黄雀。但只要有一只，它的声音就不会被埋没。那是一种娇痴之声。偶尔也会发出泼辣辣的呼叫，这时就有点像女人的声音了。你迎着这叫声走去，会看到它黄色的躯体一下展放开来，像荡秋千一样从一棵大树荡到另一棵大树——这时它的嘴里再也不是嗲声嗲气地乱叫了，而是发出一种更怪的声音：“哼，哼。”它大概因为受惊而生气了。

松　鼠

它的身影一闪而过。不过它那条蓬松的尾巴会让人过目不忘。这里的松鼠虽然不像南方和东北那么多，可是仍然时常现身。无边的黑松林里，球果肥硕，但因为是黑松，籽粒不像红松的那么大，所以它们在觅食时不免要劳苦一些。但林子里可吃之物绝不止松果一种吧，于是它们在这里长居也并非是置身于苦寒之地。

在万松浦西部的屺崾岛上，松鼠们胆子好像要大一些。它们可以在汽车声里探出可爱的头颅观望，手里还举着一个球果。有一次，有人看见一只松鼠从一棵高高的大李子树上下来，嘴里还咬着两个大大的并蒂李。没听说松鼠还能吃李子，所以说起来都不信。但我在国外曾见过一只松鼠口衔一只大核桃从树顶下来时的憨态：它只顾低头忙碌，直下到树桩底部才发现我站在跟前，于是慌促中又略有羞愧，只呆呆地仰脸看我，一时忘了该怎么办。那只青皮大核桃太沉了，它衔着离去时十分吃力。

松鼠是最可爱的小动物之一，这在万松浦也没有例外。只要一说到它的名字，大家都停下手中的事情，睁着眼静静地听。

乌　鸦

乌鸦是很能抒情的一种鸟儿，它情深意笃的叹息早已为人们所熟悉："啊！啊啊——"可是仅此而已，并没有吟咏的下文。它们是起落的黑云，是海边上一片跳跃的墨色。曾几何时，这里的乌鸦多到了令人发愁的地步，老人都说："怎么办啊，看看这些乌鸦！"我小时候常看着它们遮去一大片天空，喧闹飞旋一阵，又呼啦啦落在麦地上。当我为这一大片黑鸟而惊叹时，上年纪的人却说："现在的乌鸦可少多了！"

老人们讲，在过去，每天夜里乌鸦把林子全部占据了，简直没有其他鸟儿立足的地方。一棵棵大树上全蹲了过夜的乌鸦，就像结满的黑色硕果。到了早晨，乌鸦飞走了，地上就铺了厚厚的一层干树枝——这都是它们降落和起飞时扑打下来的。

时过境迁，如今再也没有那么多乌鸦了。偶尔听到一声“啊、啊”的抒情之声，觉得新奇得不得了。

倾听大自然（国内卷）

《葡萄月令》

人间草木与岁月春秋，翠湖的倩影和温柔的雨水……文学大师汪曾祺，从细致微小处着眼，用清浅朴拙的话语娓娓道来，让我们感受到自然的美好与可爱。

《穿行于夜色的松林》

在渤海之滨，有一座“万松浦书院”，那里有万亩松林，更有许多可爱的小动物……作家张炜用一支温柔动人的笔，书写自然的美丽与和谐，更有对生命、对人性的哲思。

《会思想的芦苇》

对动物的关注，对植物的思索，对风景的感悟……散文家赵丽宏以清新优美的笔调，将诗意与情感融入文字中，抒发了对自然、对生命、对人性的深刻思考与理解。

《青草和星辰》

从广阔的天空到无垠的草原，从一朵小花、一只小虫到一滴水珠……来自内蒙古的散文家鲍尔吉·原野，用豪放而幽默、朴实而真诚的文字关照世间的伟大与微小，感悟自然，书写生命。

《对一朵花微笑》

一望无际的麦田，荒野上的树影，孤独的飞鸟……来自新疆的散文家刘亮程，在一个人的村庄里，用深情而充满哲思的笔缓缓书写与花朵和草木的对话，聆听万物的声音。

《夏天最好的辰光》

江汉平原上有一座小村庄，那里有春夏秋冬、草木花树、稻田麦田、风霜雨雪……从那里走出来的舒飞廉，用干净而清新的语言，为我们描述了一座村庄的静美和岁月流转中的奥秘。